傷だらけの光源氏

大塚ひかり

Hikari Otsuka

辰巳出版

傷だらけの光源氏

はじめに　『源氏物語』の人々はなぜ不幸なのか

『源氏物語』というと、光源氏を主人公とした恋愛絵巻と思っている人が多いのではないか。

たしかにその側面もあるが、そこには楽しい恋はほとんどない。

物語のメインの恋はいわゆる不倫で、始まりは今でいうレイプのような形も多い。

出発点がそんなだからだろうか。描かれているのも性愛の楽しさよりは、苦しさがメインだ。

とくに女は最終的には出家を志向し、死んでいく。

男もむなしさに苦しんでいる。

『源氏物語』は「一大不幸絵巻」と呼べるほどなのである。


なぜ『源氏物語』の登場人物はこんなにも不幸な人が多いのか。

不細工な女や貧乏な人たちが多いのか。

何度も『源氏物語』を読み、私自身も年を重ねるにつれ、思ったのは、一つには「そのほうがリアルだからではないか」ということだ。もちろん「そのほうが読者に受けるから」というのもあろう。

実際、『源氏物語』を読んでいない人にとっても、その主人公の光源氏というのは、非常にリアルな存在のようで、

「光源氏って、実在の人物だと思ってた」

そう言った人が、私の周りに三人いた。なぜ、そう思ったかを聞いてみると、それぞれそれなりの理由があった。

「教科書にも出てくるし、有名だから。架空の人物でそんな有名人って、いないもん」

たしかに……。

「歌も残されてるし、系図もちゃんとある」

なるほど光源氏は歌も詠んでいる。ただし、すべては作者である紫式部が作ったのだ。系図のほうは後世の読者が物語をもとに作ったのである。

「光源氏って、有名な『源氏物語』を書いた人でしょう？」

作者は紫式部である。ちなみにこう答えた人は、

「金田一耕助や明智小五郎のことも実在の人物だと思っている人もいるはずだが、その数は、光源氏が実在の人物だと思っている人よりはずっと少ないに違いない」

と言っていた。

そんな人もいるのかねぇと呆れた私だが、

「光源氏も藤原道長《ふじわらのみちなが》も俺らにしてみれば同じ感覚だよ」

と言われると、そういえば、どこが違うんだろう……と、しだいに自信がなくなってくる。

なんで私は、光源氏が架空で、道長が実在の人物と信じているのか、と。

試みに『日本国語大辞典』（小学館／1981年発行）を開いてみると、藤原道長とともに光源氏の名が載っている。道長は、

「平安中期の公卿。父は兼家《かねいえ》。母は時姫。兄道隆《みちたか》・道兼《みちかね》の死後、内覧・氏長者・右大臣となる。道隆の子伊周《これちか》・隆家《たかいえ》を失脚させ、娘彰子・妍子・威子・嬉子・盛子を入内させて三代の外戚《がいせき》となる。長和五年（一〇一六）摂政となったが、翌年子頼通に譲り、太政大臣となり、父子並んで政権を独占、藤原氏の全盛時代を出現させた。寛仁三年（一〇一九）出家、法成寺を建立。関白になった事実はないが、御堂関白《みどうかんぱく》と称され、日記を『御堂関白記』といい、自筆原本が現存。康保三〜万寿四年（九六六〜一〇二七）」（人物名の表記法などは本書と異なる部分もあるが引用辞書ママ。ルビは新たに振った。「光源氏」の項も同様）

と二三〇〇字にわたって、その事跡と生涯が説明される。

一方の光源氏は、

「『源氏物語』正編の主人公。桐壺《きりつぼ》帝の第二皇子。母は桐壺の更衣《こうい》。その美貌により光源氏と称せられる。幼くして母をなくし、臣籍に下って源姓となる。母に似た藤壺女御《ふじつぼのにょうご》を慕い、のち密会してその罪の子は冷泉《れいぜい》帝となる。一方藤壺に似た紫上を引き取り、正妻葵上の没後結婚する。

すぐれた資質と色好みの性格を持ち、一時須磨・明石に謫居《たつきょ》するが、帰京後は確実に地歩を占め、壮大な六条院を築いて妻妾たちを住まわせ、位人臣《くらいじんしん》をきわめ、准太上天皇《じゅんだいじょうてんのう》にも遇せられる。しかし、朱雀院《すざく》の女三宮《おんなさんのみや》の降嫁があってからは、女三宮と柏木《かしわぎ》の密通事件、その結果の薫《かおる》の誕生など、藤壺事件の応報を思わせる苦悩の日々が続く。最愛の紫上にも先立たれ、五二歳の一年を紫上の面影を抱き続けて送るところで記事は終わる。実子に、夕霧《ゆうぎり》・明石《あかし》の姫君がいる。源氏。光君」と三四二字。

平安時代一有名な政治家の道長の一・五倍近くの文字が割かれている。

光源氏の項の冒頭に「『源氏物語』正編の主人公」という一文がなければ、たしかにどっちも実在の人物と思ってしまうような書かれようである。

実際、皮肉なことに、『源氏物語』をしっかり読んだ人のほうこそ、その世界が歴史上に「実在した」と信じているかのように、はまっていく。

舞台となった宇治を訪ねて「こんな所に浮舟《うきふね》は連れて来られたのか」と思ってみたり、物語に出てくる香りを研究してみたり、登場人物のモデル探しに多くの時間を費やしたりする。

後世でさえそうなんだから、まして『源氏物語』ができて二十年やそこらで読んだ『更級日記《さらしな》』の作者などは、

「いつか光源氏の関係した夕顔や、宇治十帖の薫に愛された浮舟のようになれるかも」

と、少女時代は半ば本気で信じていた。

『源氏物語』には、人の人生に入りこんで息づくだけの、確かな世界観がある。千年の時を越えて、人の体を動かすエロスとリアリティがあるのだ。

読んだ人にも読まない人にも、「美形だ」とか「女関係がすごい」とか、見てきたように言われてしまう光源氏の秘密、そんな登場人物を生んだ『源氏物語』の秘密に、少しでも近づいてみたい。

そしてなぜ、『源氏物語』には、人々の不幸があふれているのか、探ることができたら、と思う。

なお主人公は物語では、〝光る君〟〝光る源氏〟と呼ばれることもあるが、その時どきの地位やシチュエーションにより、源氏の君、中将の君、六条院など、様ざまな名で呼ばれている。本書では『源氏物語』の趣意なども踏まえ、特別なケースを除き、以後、「源氏」と呼びたい。

目次

カバーイラスト ばったん
ブックデザイン アルビレオ

本書は、一九九六年にベネッセコーポレーションより刊行され、
二〇〇二年にちくま文庫化した『カラダで感じる源氏物語』を、
改題し大幅に加筆修正したものになります。

1 「真木柱」巻時点系図

『源氏物語』は大きく三部に分けられる。第一部の「桐壺」巻から「藤裏葉」巻では、主人公の源氏が苦難を乗り越え、准太上天皇にのぼりつめ、子たちも成功する。

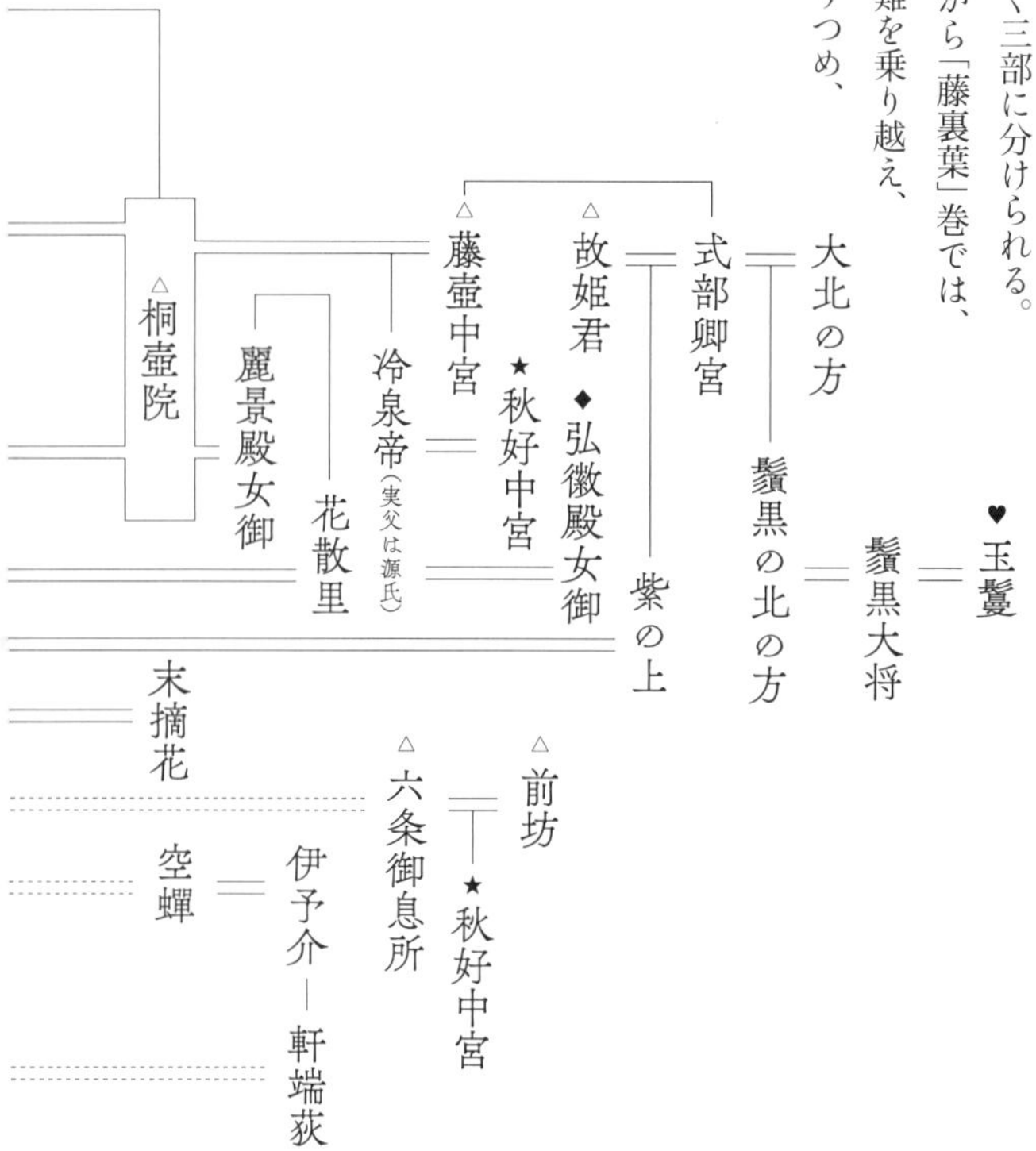

♥◆★♣同一人物　△故人　＝結婚　┅性関係

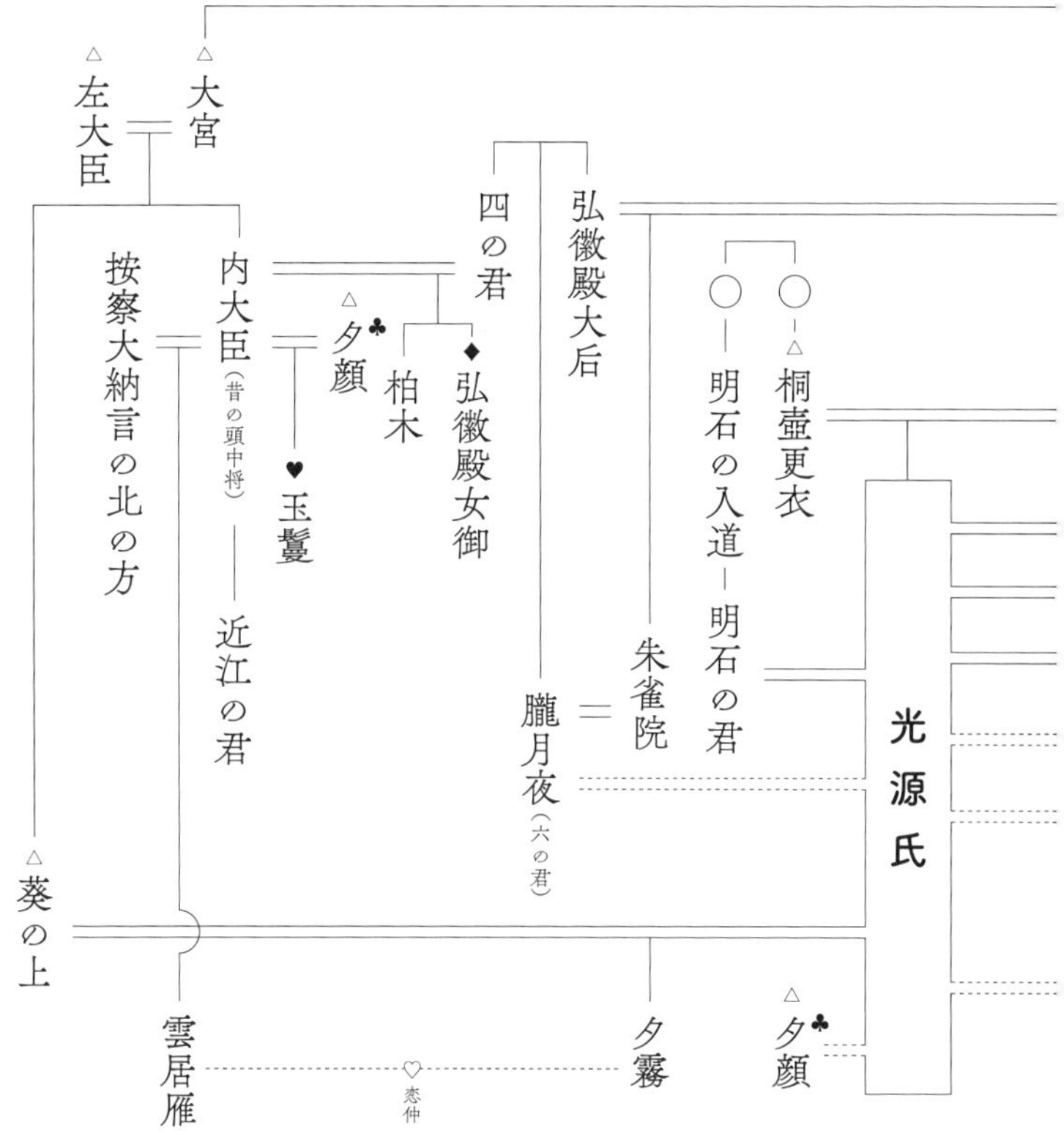

2 「夕霧」巻時点系図

第二部の「若菜上」巻から「幻」巻（そのあとに源氏の死を暗示する巻名だけの「雲隠」が置かれる）では、女三の宮の降嫁をきっかけに、源氏の世界の綻びが示され、人々の幸せに陰りが見える。

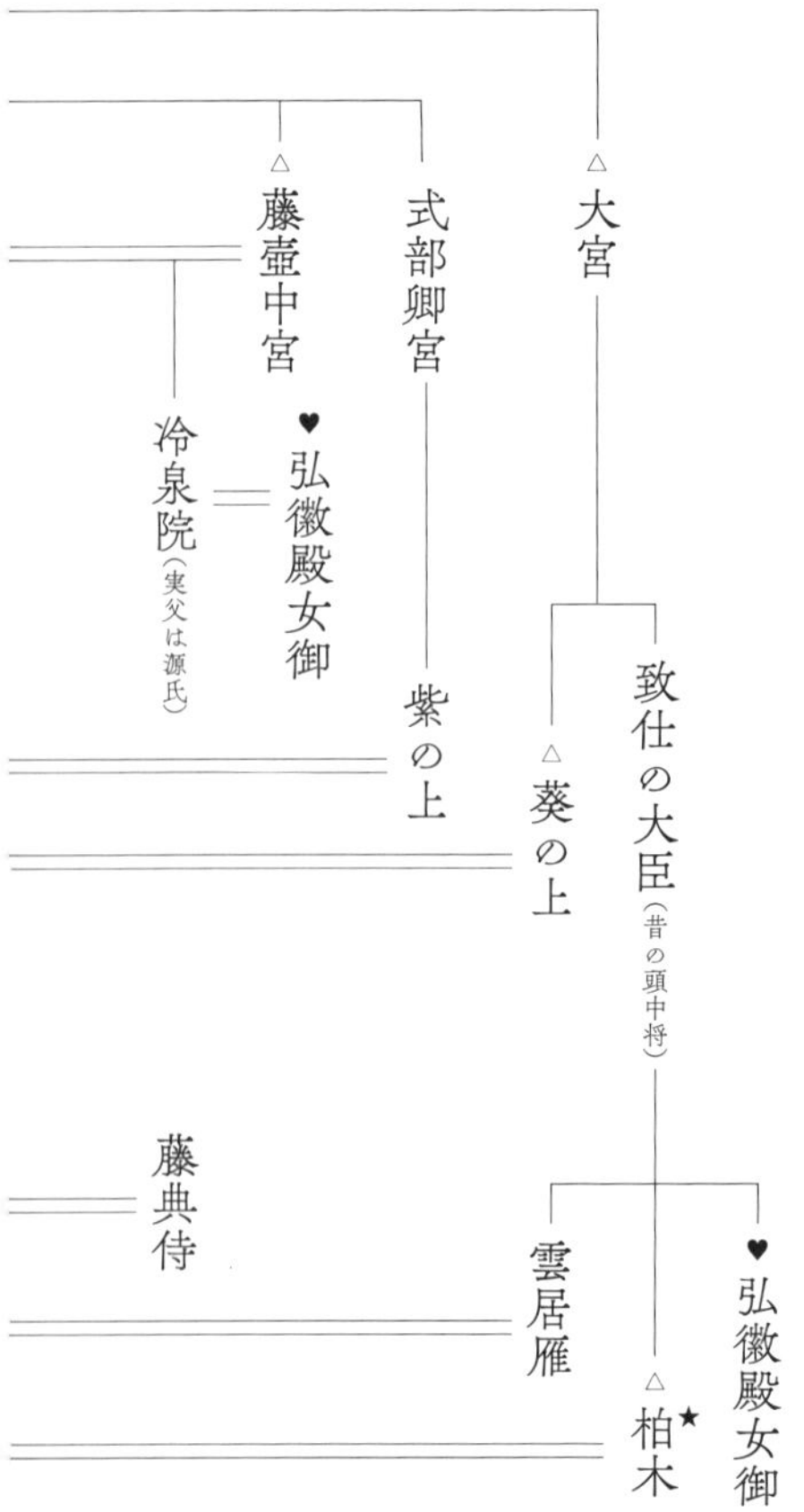

♥★同一人物　△故人　＝結婚　⋯性関係

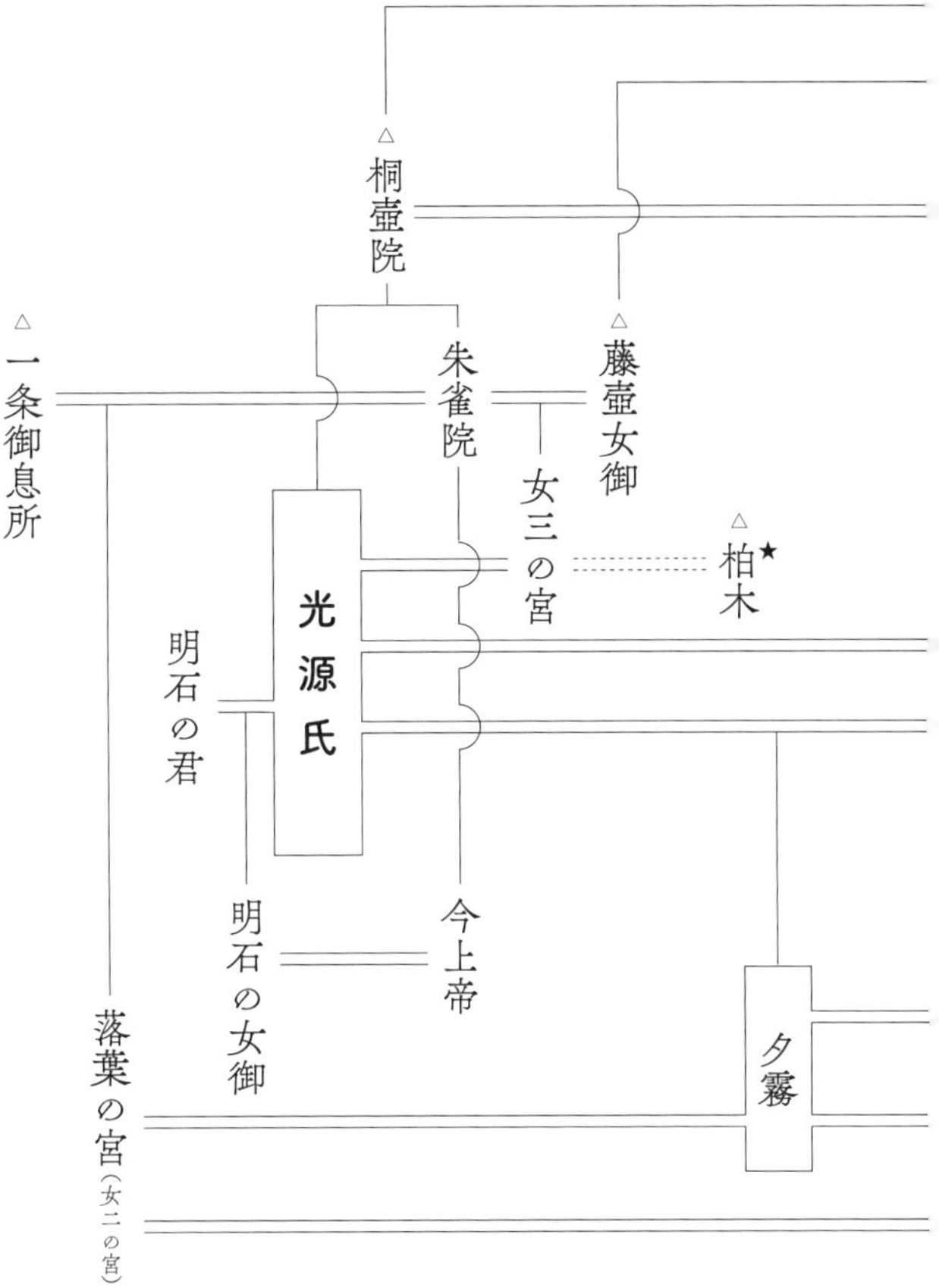

3 「浮舟」巻時点系図

第三部の「匂宮」巻以降は、源氏亡きあとの子孫たちの物語。そのうち宇治を舞台とする「橋姫」巻から最終巻「夢浮橋」は「宇治十帖」と呼ばれ、源氏の最晩年の子・薫（実父は柏木）と宇治の姫たちとの関わりとすれ違いが描かれる。

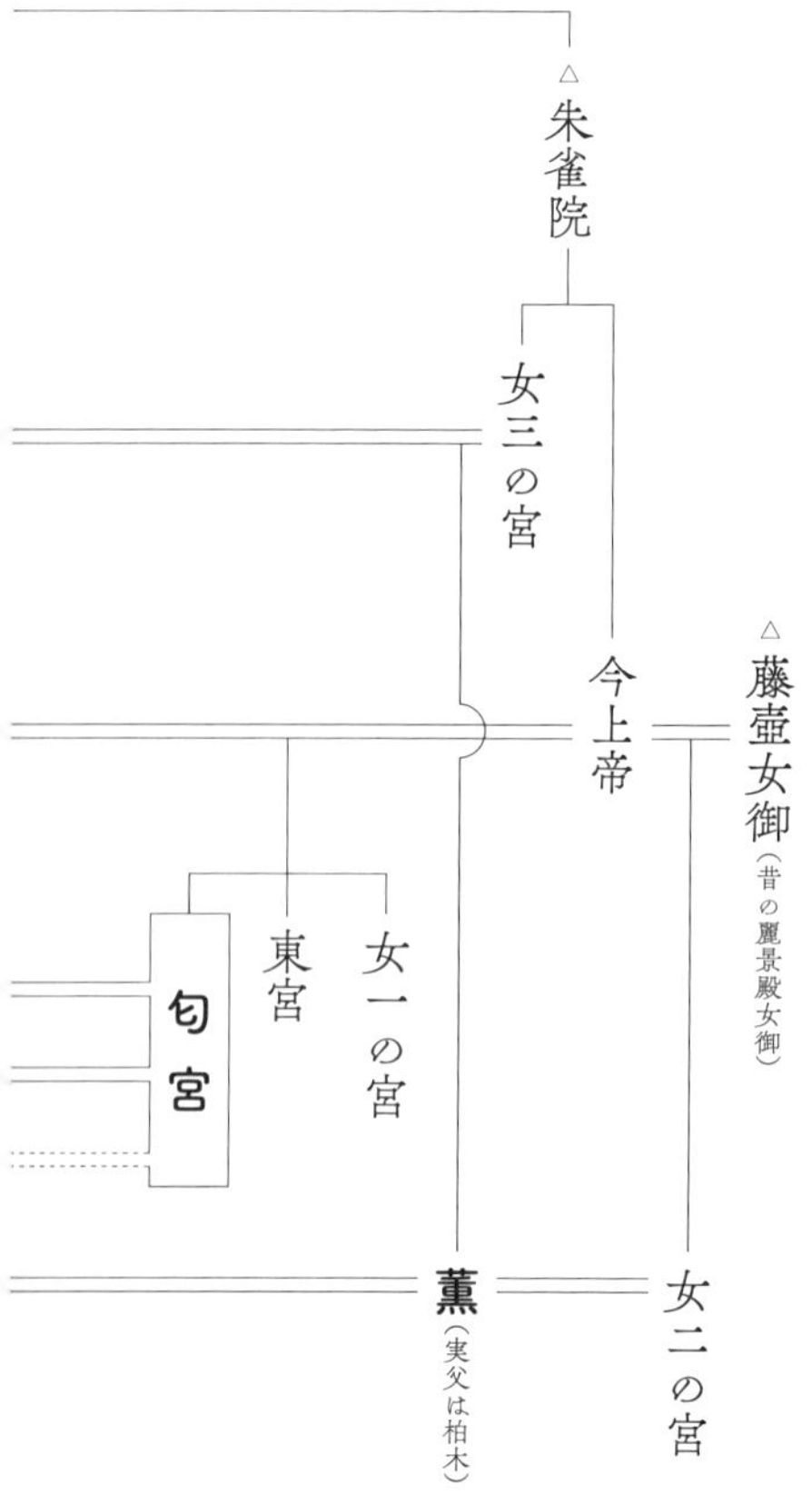

★同一人物　△故人　＝結婚　┅性関係

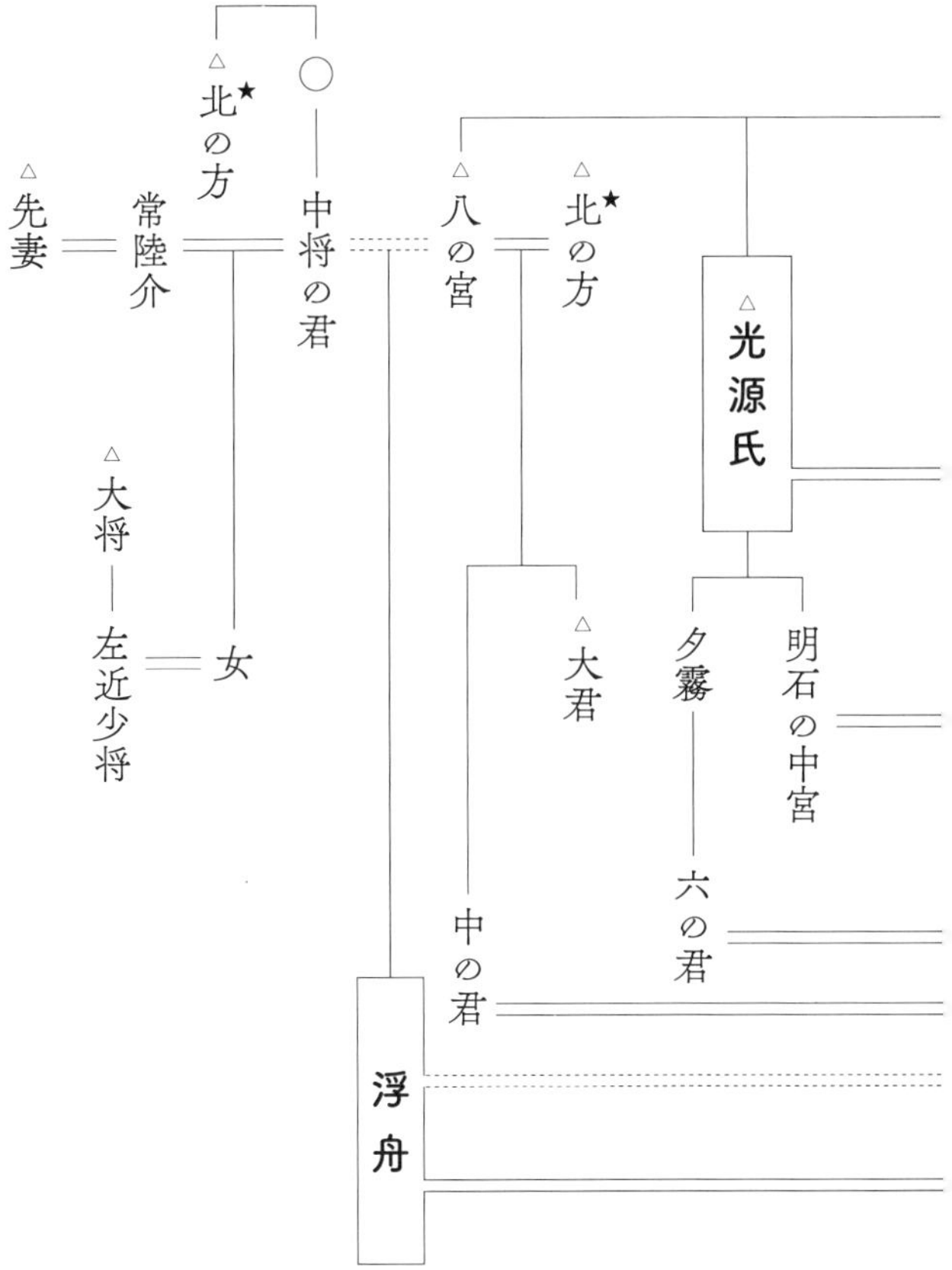

凡例

*本書では、古典文学、史料から引用した原文は〝〟で囲んだ。

*〝〟内のルビは旧仮名遣いで表記した。

*引用した原文は本によって読み下し文や振り仮名の異なる場合があるが、巻末にあげた参考原典に依る。
ただし読みやすさを優先して句読点や「」を補ったり、片仮名を平仮名に、平仮名を漢字に、旧字体を新字体に、変えたものもある。

*古代・中世の女性名は正確な読み方が不明なものが大半なので、基本的に振り仮名はつけていない。

*引用文献の趣意を生かすため、やむを得ず差別的な表現を一部使用している場合がある。

*とくに断りのない限り、現代語訳は筆者による。

*年齢は数え年で記載した。

文中に出てくる「2-4」といった番号は、上の数字は〝章〟を下の数字は〝項〟を指す。
つまり「2-4」は「第2章4項」となる。

第1章

感じるエロス

1―病気する体

生身の体をもつ男

『源氏物語』の主人公の源氏について、皆さんはどんなイメージを抱いているだろう。

絶世の美男子で、身分も高くて資産家で、女にもてまくりの人生を送った人。

これが、おおかたの人の源氏像ではないか。

もちろん、それも間違いではない。

けれど、それは源氏のごく限られた一面に過ぎない。

彼は嫉妬もすればイヤミも言う。中年以降は、若い女に嫌われもするし、妻を犯されたりもする。最後には、最愛の妻に死に別れ、

「高い身分に生まれながら、また人よりずっと〝口惜しき契《ちぎ》り〟（不本意な巡り合わせ。不幸な生まれつき）だったと思うことが絶えない」（「幻」巻）

と、ぼろぼろになって死を迎える。

そんな惨めな源氏像も、ありなのだ。

むしろ、そういう傷だらけの源氏こそ、物語ができた当初には、今までにない主人公として熱く受け止められたに違いない。

というのも、『源氏物語』以前の古典文学では、

「祖先は天から降りた神」

として天皇を神格化した『古事記』『日本書紀』をはじめ、『うつほ物語』の主人公・仲忠《なかただ》も天人の子孫だし、『竹取物語』のかぐや姫も天人だ。『丹後国風土記』(逸文)の「浦島太郎」のお相手の乙姫様(原文では〝亀比売《かめひめ》〟)は、亀の化身である。

そして、これらの主人公は、人とは違う超自然のパワーによって、危機を乗り越えたり、人や世界を動かしたりする。

『源氏物語』以前の物語の主人公は、天人や動物のパワーを身につけ、文字通りの「超人的な活躍をする」といった設定が主流だったのだ。

だから、彼らは老い衰えないし、基本的に死にもしない。『古事記』『日本書紀』といった記紀神話は、「歴史書」という建て前で書かれているから、歴代天皇は死んでいくが、「死ぬ」とは言わずに「神になる」と表現している。初期の天皇などは、百二十歳や百四十歳という、べらぼうな長寿とされるケースも多い。

こういう物語を見馴れた当時の人にとって、年もとれば死にもする、奇跡も起こさぬ源氏は、「生

身の体」をもった画期的な主人公として、共感を呼んだはずなのである。

ストレスで病む、ストレスで死ぬ

「生身の体」をもつということは、心身ともに壊れやすいということでもある。そして人の体を壊す最大の引き金は、病気である。

源氏も生涯のうちに何度も病気になっている。

若かりし日の源氏は、夕顔《ゆうがお》の死が引き金となって大病を患っている。

六条あたり（六条御息所《ろくじょうのみやすどころ》のもと）に忍び歩きをしていた頃、乳母を見舞ったついでに偶然見つけたのが夕顔の宿の女だったが、彼女を低い身分と侮った源氏は、廃院に連れ出してセックスする。そして少し寝入ったあと、夕顔は変死してしまう。物語では、女の物の怪（六条御息所ともされるが、源氏はこの物の怪を彼女であるとは認識していない）に殺されたという設定で、夕顔の死にショックを受けた源氏は、乳母子《めのとご》に後事を任せ、家に帰り着くなり、「頭ががんがんする。ネツもある」と倒れこむ。

夕顔の遺族には何も知らせないのだから今なら犯罪であるが、このまま知らんぷりではさすがに当時の主人公としても鬼畜過ぎる。

「自分の〝浮びたる心のすさびに〟（浮ついた気持ちが度を過ぎて）人を死なせてしまったとい

う非難を受けるのがとてもつらいんだ」（「夕顔」巻）と、乳母子に口止めしたうえで、夕顔の亡骸《なきがら》と最後の対面がしたいと言う。そうして無理をして出かけた直後、病は悪化、二十日以上も寝こむことになる。

源氏だけではない。

『源氏物語』の特徴は、「登場人物が、実によく病に冒される」ところにあると言えるくらい、主要人物のほとんどが、一度は病気になっている。

『源氏物語』の病気をざっとあげてみると……源氏の咳病《しわぶきやみ》や瘧病《わらわやみ》、朧月夜《おぼろづきよ》の瘧病、朱雀《すざく》院の眼病、鬚黒《ひげくろ》の北の方の〝心違《こころたが》ひ〟（精神錯乱）の発作、藤壺や紫《むらさき》の上《うえ》の胸の病、柏木《かしわぎ》の頭痛……。病名が分かる主なものでも、こんなにある。

めぼしい病気は、〝脚病《かくびやう》〟（脚気。貴族の贅沢病である）くらいの『うつほ物語』などと違って、バラエティ豊かなのである。

しかも興味深いのは、『源氏物語』の病のほとんどが、精神的なストレスと結びついて、発症していることだ。

たとえば鬚黒の北の方には、正気をなくして錯乱状態になる〝心違ひ〟の持病があった。それが悪化したのは、夫の鬚黒大将が若い女（玉鬘《たまかずら》）と結婚してからのことだ。一夫多妻の当時、これ自体はよくあることだろう。ところが、この夫というのが一途で融通のきかぬ性分で、しんしんと雪が降りしきる夜にまで、女のもとへ行きたくて、北の方の前でうずうずしている。見かね

た北の方が、

「あいにくの雪をどう踏み分けて行くの？　夜もふけたようだし」（「真木柱」巻）

と水を向けると、夫は反射的に、

「こんな雪の中をどうして出かけるもんか」

と答えるものの……新妻恋しの気持ちに耐えきれなくなって、その舌の根も乾かぬうちに、こう言う。

「やっぱり最初のうちだけは……彼女の父君たち（養父・源氏、実父・内大臣＝昔の頭中将《とうのちゅうじょう》）の思うところもあるし。我慢して見守って下さい」

「今はこれまで」と悟った北の方は、

「ここにいても、あなたの心がよそにあるのなら、私はかえってつらいだけ。よそにいても、私のことを思い出してさえくれたら」

と、女房を指図して、けなげにも、女のもとへ出かける夫のために、着物に香をたきしめてやる。

すると夫は、待ってましたとばかり、いそいそとその着物をまとい、妻がたきしめた香だけでは心もとないのか、さらに自分で袖の中にまで小さな香炉を入れて、念入りに香りを移している。

　他の女を思って気もそぞろな夫をよそに、北の方はじっと心を抑える様子で、よれよれの着物をまとった、か細い体を物にもたせかけていた。と見る間に、にわかに起き上がり、香炉を手にしたかと思うと、夫の背後に回って、さっと中の灰を浴びせかけた。

〝心違ひ〟の発作が起きたのである。

細かい灰が目や鼻や髪にまで入りこんだ夫は、その日はやむなく、新妻のもとに行くのを断念したものの、これをきっかけに北の方への愛想も尽きて、新妻のもとにこもりっきりになるのだった。

一方、北の方のほうも、

「そんなにバカにされてまで、あの男に従うことはない」

と言う父親の手で、実家に連れ戻されるのだが、この北の方というのは、実は、源氏の愛妻の紫の上の「腹違いの姉」なのである。そして、彼女から夫を奪った若い女というのは、源氏が養女にしていた玉鬘のことなのだ。つまり、源氏の妻の紫の上にとっても養女に当たるわけで、鬚黒の北の方の母（大北の方、紫の上の継母）などは、

「源氏の君は紫の上を大事にしているんだから、こっちのことも考えてくれてもよさそうなのに、ひどい仕打ちばかりして。自分が使い古した女を捨てがてら、実直で浮気もしそうにない人（鬚黒）に押しつけて、ちやほやしているのでしょうよ」

などと、陰口を言っていた。この継母は、ただでさえ紫の上が憎い。大事にしていた我が子が夫に愛されないのに、継子の紫の上のほうが今を時めく源氏の最愛の妻に収まっているのを、「穏やかならぬ気持ち」で妬んでいた。だから、怒りもひとしおなのだ。

と、このまま終われば、継母の実子が失敗して、継子が成功するという、いかにもありがちな

継子いじめの物語なのだが。それで、はいめでたしと収まるほど、『源氏物語』は、生やさしくない。

　鬚黒夫妻の仲が破綻してから十年後。今度は紫の上が、死にいたる病に冒される。そしてそれもまた、夫が新しい妻を迎えたことによるストレスが引き金だった。

　源氏の新妻・女三《おんなさん》の宮《みや》は、紫の上より一回り以上も若いうえ、朱雀院の愛娘という高貴な身分だ。そのため十八年間正妻扱いされていた紫の上の地位は、一気に二番手に下落する。女三の宮降嫁の前年には、紫の上の養女の明石《あかし》の姫君が東宮に入内《じゅだい》したばかり。その世話係は実母の明石の君にバトンタッチされ、紫の上はやっと忙しさから解放されたところだった。源氏には紫の上や明石の君のほか、花散里《はなちるさと》や末摘花《すえつむはな》といった妻たちがいたが、いずれも源氏の愛は薄く、紫の上の敵ではない。

　さぁこれからは夫婦水入らずでという矢先に、降ってわいたような夫の結婚で、時間がぽっかり空いてしまう。いやがうえにも、「私の人生、なんだったの？」と自分を見つめる機会が増えて、やがて彼女は思うようになる。

「私って、結局、夫の愛だけが頼りだったのね。今はその愛も人には劣らないけれど、あまり年を重ねれば、そのお気持ちもついには衰えるだろう。そんな目にあわないうちに、自分から世を捨てたい」（「若菜下」巻）

　彼女には、異母姉の鬚黒の北の方と違って、帰る家がない（二条院は紫の上が私邸と考えている屋敷であるが、それは源氏から譲られたものであった）。夫婦関係を逃れるには、出家しかない。

そこで紫の上は、「出家したい」と夫に申し出る。

ところが源氏は、それを却下しただけでなく、こんなセリフを妻に浴びせかけるのだ。

「私は幼い頃から、人と違って仰々しく生まれ育って、今現在の声望や日々の暮らしもこれまでに例のないほど優れている。しかしまた、人並み外れて悲しい目を見ることも、人にはまさっていた」

「やんごとない人といっても皆必ず心穏やかではない悩みがあるものだ。高貴な人々のおつきあいにつけても心が乱れ、人と競い合う気持ちが絶えないのも心の安まる時とてない。あなたのように、親元同然の私のところでおすごしになるほど気楽なものはない。その点、あなたは人より優れた巡り合わせだと自覚しているかい？」

そう言った同じ夜、彼は女三の宮のもとに泊まる。

帰る実家もなく、出家も許されず、そのくせ夫は他の女のもとへ寝に行ってしまう。

とり残された紫の上は、女房に物語を読んでもらいながら、我が人生を、またまたつくづく考えてしまう。

「物語には、いろんな人がいるものだわ。不実な男、色好み、二股《ふたまた》かけた男と関わる女……でも、どんな物語でも、しまいにはちゃんと決着がついているのに、私ときたら、いまだに不安定な日々を送っている。たしかにあの人のおっしゃる通り、人より幸運な身かもしれない。でも、人なら我慢できないような満ち足りない思いを抱えたまま、一生が終わっちゃうとしたら……。だとしたら、なんてつまらない人生なのかしら！」

夜がふけるまでそんなことを考えるうち、きりきりと胸が痛みだして発病。そのまま完治することなく、病弱な体質となり、四年後、帰らぬ人となってしまう。

女三の宮の降嫁から十一年後のことで、紫の上はまだ四十三歳の若さであった（計算によっては四十一歳）。

これをストレス死と言わずして、なんと言おう。激しいストレスは、一晩で胃に穴を開け、黒髪を白髪に変えるというが、極まれば人も殺してしまう。当時の人のどれほどが「病は気から」と考えていたかは知らないが、紫の上の母もストレス死という設定だ。正妻（鬚黒の北の方の母）の圧が強くて病弱になり死んでしまった紫の上の母のことを、その母方オジ（紫の上の祖母の兄か弟か不明なのでオジとする）である北山の僧都は、

「物思いで病気になるものと目の当たりにしました」（〝もの思ひに病《やまひ》づくものと、目に近く見たまへし〟）（「若紫」巻）

と語っている。

当時、薬や医師にも治せぬ病気は〝もののけ〟が起こすと信じられており、もののけは、漢字で書くと〝物の怪〟と恐ろしげだが、案外、今で言うストレスみたいな、形にならない概念を言葉にしていたものかもしれない。

「病は気から」を地で行く『源氏物語』は、「ストレス社会」と言われる現代と通じるものがあ

るだろう。

病気を軸に動き出す物語

紫式部は、話を展開させるうえで、病気を、有効に利用してもいる。

源氏は、夕顔に死に別れた翌年、今のマラリアに似た瘧病《わらわやみ》という熱病にかかるのだが、これが、どんな祈祷をしても、いっこうに良くならない。

そんな頃。「北山にいい祈祷僧がいる」と聞いて、往診するよう使いを出すが、「年とって腰が曲がってしまって、庵《いおり》の外にさえ出られないから、行けない」という返事がくる。うーむ、と困った源氏は、

「しかたない。お忍びで行くとするか」

と、少ない供で出発する。いやがうえにも、源氏が北山に出向かざるを得ないようにストーリーは進んでいくのである。そしてこの北山で、思いがけず発見した美少女こそ、のちに彼の最愛の妻となる紫の上なのだ。

そういえば、のちに彼が政治的に干され、須磨《すま》での謹慎を招いた、朱雀帝の愛する朧月夜との密通も、朧月夜が「瘧病」にかかって、「祈祷なども気がねなく行なうために」（「賢木」巻）実家に下がっている時に、実行されたのであった。

そして、源氏が帰京を許されたのは、彼を須磨での謹慎に追いこんだ弘徽殿大后の体調と、大后の息子の朱雀帝の眼病とが悪化して、「恩赦」が下されたためだった。

なによりも、不義の子・冷泉《れいぜい》帝が生まれるきっかけとなった情事は、藤壺が〝なやみたまふこと〟（体調不良）のため実家に下がっていた時に起きたことだ。

実際に「病気療養のための里下がり」が情事の温床だったかどうかはともかくとして、『源氏物語』では、病気は、物語が次のステージに移っていく時の、重要なステップとなっているのである。

そもそも『源氏物語』は、ストレスで病に倒れた一人の女の話から、語り起こされている。

〝いづれの御時《おほんとき》にか〟という、あの有名な出だしを思い出してみよう。

「いずれのミカドの御代《みよ》のことか、女御更衣《にようごこうい》があまた仕えていらっしゃるなかに、大した身分でもないのに、特別愛されている女があった。初めから自分こそはと自負していた方々は、なんであんな女が、と憎んだり軽蔑なさったりする。女と同等、それ以下の身分の更衣たちは、まして穏やかな気分ではない。朝夕の宮仕えにつけても人の心を動かしてばかりいて、恨みを受けることが積み重なったためか、女はすっかり病弱になっていき、頼りなげに実家に下がりがちなのを、ミカドはいよいよ、たまらなくいとしく思われて、人のそしりもはばからず、世の前例となりそうな待遇をなさるのだった」

女は強い後ろ盾のない身で、後宮《こうきゅう》に入り、ミカドにあまりに愛されたため、周囲の怨念を受けて、病気がちになる。それでもミカドは女を愛し続けたというのである。周りがなんと言おうとも愛を貫くミカドは今なら立派に見えようが、妻たちの実家の力に配慮しながら、

「好きな女もそうでない女も平等に相手をする」

のが、平安時代のミカドに課せられた帝王学である。「正視にたえない寵愛ぶり」と非難ごうごう。その矛先は、ミカドよりも弱い女のほうに向けられて、ミカドが骨抜きになったのはあの女のせいよ！　とばかりに憎まれる。女が玉のような皇子を出産し、ミカドの厚遇がいっそう激しくなると、いじめはエスカレート。皇子が三歳になった夏、衰弱しきった女は、とうとう死んでしまうのだ。

この女こそ、源氏の母・桐壺更衣《きりつぼのこうい》であった。

後見者のない身分の低い女がミカドにものすごく寵愛されて、皇子まで生みました……という、ハッピーエンドの大団円のはずの設定が、無残に暗転することで、すべり出す『源氏物語』。後ろ盾のない女など、いくらミカドの愛があっても、周囲に憎まれ、つぶされるだけ……むしろミカドの偏愛が暴力になるという、あまりに現実的なオープニングは、絢爛豪華な王朝風俗に包まれながら、根っこのところでは、うんざりするほどリアルな『源氏物語』の本性を物語っている。

そしてたとえば、朱雀帝の眼病は、死んだ父の桐壺院《きりつぼのいん》ににらまれた夢を見て以来、患ったものでで、
「父からあれほど『源氏をよろしく』と頼まれたのに、彼の須磨行きを阻止できなかった」
という良心の呵責が、病の引き金となった。というふうに、病気の裏には、人を病気に追いこむほどの「物語」があるからこそ、病気はストーリーをダイナミックに動かす起爆剤として、効果テキメンなのである。

マイナス要素に光を当てる

この世には、嬉しいことや楽しいことや気持ちいいことが山ほどあるはずなのに、あえて、病気や死などの、つらいこと、悲しいこと、思い通りにならないことに筆をたくさん費やした紫式部の原点が、「病気する体」にはある。

私は生身の人間を書きますよ。しかも病気もすれば、死にもする、という、生身の人間の「つらさ」の部分、「マイナス要素」に光を当てますよ、という紫式部の意図と意思が、感じられる。

そんなふうに私は思う。

ついでにいうと、紫式部の同輩の赤染衛門《あかぞめえもん》が書いた『栄花物語《えいがものがたり》』には、ただの風邪から、糖尿病、

腫瘍、天然痘、寄生虫病、眼病など、藤原道長《ふじわらのみちなが》をはじめとする当時の有名人のかかった、たくさんの病気が出てくる。

また紫式部より少しあとの時代、『病草紙』という絵巻が描かれ、そこには、毛ジラミや眼病、シソーノーローから、不眠症、口臭、肥満、赤鼻など、様ざまな病気に冒される人たちの姿が見える。

こうした「病気する体」への関心の根にあるものとして、当時流行した浄土教の存在は見逃せない。浄土教は、「病気の種類や死に方によって、来世の運命も違ってくる」と教えていた。だから、どういう病気をするか、どういう病気で死ぬかへの興味はしぜんと高まっていた。面白いのは、当時流行した浄土教は、極楽浄土の美しさや楽しさよりも、病気の怖さや地獄の醜さをよりいっそう強調したことだ。これもまた『源氏物語』と一脈通じるものがあろう。

2 抑圧のエロス

病気のエロス、死のエロス

病気の多い『源氏物語』には、看病シーン、お見舞いシーンも多い。そこでは、とくに、悩ましく横たわる女たちの姿が、いかに魅力的かということが、再三くり返されている。

お産の前後に物の怪に苦しめられて寝こむ葵《あおい》の上《うえ》（源氏の最初の正妻）の出産直後の姿は、こう描かれている。

「すごくきれいな人が、ひどく弱りやつれて、あるかなきかの風情で横たわるさまは、とても可憐で痛々しげである。髪は一筋の乱れもなく、はらはらと枕にかかっているさまは、めったにないほどに見えるので、今まで何が不満だったのか、と源氏の君は不思議なくらい見つめずにいられない」（「葵」巻）

また、一時は危篤になった源氏の愛妻の紫の上が、小康を得た様子は、

「顔の血の気がうせて衰弱しているのも、かえって青白く美しく、透きとおるように見える肌の

ご様子などが、世にまたとないほど可憐な感じである」（「若菜下」巻）

長く病床にあると、生来の容姿は衰えるうえ、化粧もできなきゃ髪もとけない。その結果、見られた顔じゃないよ、となるのが普通なのに、それでも美しいというのは、その人は、よっぽど美しいのである。ということを、これらの描写はアピールすると同時に、完璧に整った美しさより、少し崩れたほうが魅力は深まるという、紫式部の美意識を物語ってもいる。たしかに服でもあまりに決め過ぎるより、どこか一つ息を抜いたほうがカッコいいものだ。

けれど、はっきり言って、病に苦しむ人の姿にまで美を見いだす視線は、残酷である。そして、エロティックだ。

これはずっとあとの話になるが、源氏亡きあとの子孫たちの中でも、異母弟・八《はち》の宮《みや》の姫たちの物語が綴られる宇治《うじ》十帖《じゅうじょう》で、長女の大君《おおいぎみ》が重体に陥った時の様子はこうである。彼女を見舞いに行った薫《かおる》（源氏と女三の宮の子。実父は柏木）は、夜になってから、大君の部屋に入りこみ、

「どうして声だけでも聞かせてくれないの？」（「総角」巻）

と、手を握って病人を起こしてしまう。大君は、息も絶えだえに、

「しゃべろうと思っても、とても苦しくて。最近訪ねて下さらないので、気がかりなまま死んでしまうのかしらと残念に思っておりました」

と答える。

今まですげない態度を貫いてきた大君の、思いもよらぬ優しい言葉に、薫はしゃくり上げて泣

いてしまう。が、その間にも大君の髪を触って、「少し熱い」と思ったり、耳に口を当て、「どんな罪のせいで、こんなご病気になったのでしょう。人を嘆かせたせいじゃないのかな」などと、ささやく。私があれほど口説いたのに、なびかないから、病気になんかなったんだよ、と言っているわけだ。

勝手な言い分である。そもそも「なぜ声を聞かせてくれない?」という言いぐさが、無茶である。相手は瀕死の病人なんだから。しかも勝手なのは言い分だけじゃない。薫は大君の手を握り、髪をまさぐり、耳に熱い息を吹きかけたりもする。これはどえらいことである。ふだんは、親兄弟や夫以外の男の前では、顔はもちろん、姿をまともに見せることのない当時の貴婦人にとっては。また男だって、貴婦人の体を触るというのは、セックスの一歩手前かセックスの時以外考えられない。

それが、夫婦でもなく、セックスしているわけでもないのに、こんなことを女が男にされてしまう。それは、ひとえに女が、病に弱っていて、なすがままだからなのである。それをいいことに、薫は看病にかこつけて、したい放題する。

一方、病人の大君は、もうろうとした意識の中でも上流婦人のたしなみを忘れず、いまわのきわまで、顔を袖で隠していたが、しつこい薫はわずかなスキからこぼれる肌も見逃さない。

「腕などもとても細くなって、影のように弱々しいものの、顔色も変わらず、白く美しくなよなよとして、白く柔らかなお召し物を着ている姿は、中に身のないヒナ人形を寝かせたような感じである。枕から落ちこぼれた髪も、つやつやと見事に素晴らしい」

などと、なめるように病人の体を観察する。

そして、思う。

「もう長くはあるまいと思うにつけても〝惜しき事たぐひなし〟…もったいなくてたまらない…」

と。

死なせるには惜しい美しさだという。

それほど、死を前に横たわる女は官能的なのだろうが、『源氏物語』を読むと、死んでしまった女は、さらに官能的なのかも……と思えてくる。

というのも、まもなく、薫の「親身」の看病も空しく、大君は死んでしまう。すると薫は、

「まさか死ぬなんて。夢じゃないか」

などと思いつつ、文句を言わない相手であるのをいいことに、わざわざ明かりをもってきて、近くで照らして、死体を見る。大君があれほど懸命に隠していた顔も、無情にさらけ出されるわけだが……。

死に顔は、美しかった。大君とセックスしたことのない彼は、こんなに彼女をはっきり見たのは、これが初めてだったのだ。その眠るような、きれいな顔を見ながら、薫は、こんなふうに思う。

〝虫の殻《から》のやうにても見るわざならましかば〟(「総角」巻)

と。

「虫のぬけがらみたいに、このままずっと亡骸をとっておいて、見ることができたら」というのである。

ますます危ない世界に入っていく。さらに薫は調子に乗って、死体の髪をかきなでる。と、さっと、あたりにたちこめたにおいは、ありし日のままに、懐かしく香ばしい。その香りをかいでしまった瞬間、薫は、絶望的な気持ちで思う。

「ああ、この人は、またとない女だった。この人への思いを断ち切るなんて、できやしない」

一番客体《もの》に近い存在が、一番エロティックなのだ……そう言ったのは、澁澤龍彦だったと記憶するが、目の前に転がる「病気する体」を、美しい！　肌触りも髪のにおいもすべて素晴らしい！と観賞する視線、さらに、その視線を無条件に許す、無抵抗な「死体」の存在は、官能的である。

当時の貴族にとって、「女を見ること＝セックス」とも言える重みがあったことを思うと、死体を見て触ることの意味は、いっそうエロティックなのである。

エロ本としての『源氏物語』

病気一つとっても、『源氏物語』はとてもエロティックなことが、感じてもらえたかと思う。『源氏物語』が病気のエロスをいかに引き出しているかということを。

それでなくても、男と女の恋の苦悩とすれ違いを描いた『源氏物語』では、性は中心テーマである。

しかも『源氏物語』の性は、感じる。

『源氏物語』は濡れるし、たぶんたつ。

『源氏物語』はダイレクトな性描写がないことで知られているが、それゆえかえってエロティックであり、エロ本としても読めるくらいである。

たとえば、源氏が、継母の藤壺《ふじつぼ》中宮に迫るシーンは、こうである。

やっとのことで藤壺の部屋に入りこんだ源氏は、

「文章ではとても再現できぬほど、言葉を尽くして」(「賢木」巻)

藤壺を口説く。けれど藤壺は、「絶対、ダメ」の一点張りで、果ては「胸が痛い」と苦しみだす。そばで控えていた女房二人が飛んで来て応急手当てをするうちに、夜も明けるが、源氏は帰ろうともしない。藤壺に拒まれて、

「ひどい。つらい。目の前が真っ暗だ」

と、前後の見境がなくなってしまったのだ。やがて、日が高くなるにつれ、「藤壺の宮が御病気」の報に、人々が集まって来る。そこにはハダカ同然の源氏が呆然とたたずんでいる。亡き父(桐壺院)の中宮の部屋で、息子の源氏が、だ。

あわてた藤壺の側近女房はとりあえず、源氏を、〝塗籠《ぬりごめ》〟(周囲を壁で塗り固めたウォークインクローゼット状の物置き部屋)に押しこむ。あとには、源氏が夢中になって脱ぎ散らかした装束

が残されており、それを隠し持つ女房もハラハラドキドキ、気が気ではない。

その間にも、苦しむ藤壺のために、人々が参上し、部屋は大騒ぎ。

その一部始終を、源氏はずっと塗籠のスキ間から見ているのだが、藤壺は源氏がこうして籠もっているとは思いもよらず、女房たちも、

「藤壺の宮のお心を煩わせては」

と、女主人には何も報告しない。

そうこうするうち、藤壺の発作もやっと治まってきて、あたりは人少なになる。そして、夜明けから、ずっと塗籠に閉じこめられていた源氏が、ここにきてようやく動きを見せる。塗籠の戸をそっと押しあけて、屏風をつたって、藤壺に接近するのである。藤壺は、

「まだとても苦しいの。死んでしまうのではないかしら」

などと言いながら外をながめている。そんな恋しい藤壺の横顔を見た源氏は、涙する。

「なんてきれいなんだ。昔見た時よりもずっと美しい」

と。そのうち、またも気が動転し、藤壺がいる帳《とばり》の内にそっと入りこむ。塗籠→屏風と、接近した源氏は、ついに自分と彼女を隔てるものが何もない、帳の中へと入っていくのである。

ここからは、再び源氏の愛欲の世界。原文も〝君《きみ》〟という呼び名から、〝男〟という呼び名に変わる。

男・源氏は、着物のすそを引っ張って、衣《きぬ》ずれの音をさせる。すると、もう紛れようもないほど、あたりに、さっと、たちこめる彼のかぐわしい香り。

藤壺は、源氏がすぐそばにいる！　という驚きと恐怖で、その場につっぷしてしまう。それを源氏は、

「せめてこちらを向いて下さい」

と抱き寄せる。藤壺の上着は男の手に握られている。その上着を、男に気づかれないよう、少しずつ脱ぎながら、体をずらして、女は男から逃れようとする。

ところが、思いがけないことに、女の髪を、上着ごと、男は握っていたために、女は、ずるずると引き寄せられて、その夜も明けていくのだった……。

じりじりと迫る男。にじにじと逃げる女。その女の長く、つややかな髪が、男にたぐり寄せられて、女はあおのけになりながら、ぐいぐいと引き寄せられていく……。

これはもう、隣の人の秘め事を覗き見しているような、生《なま》の興奮の世界である。

しかも、この時、源氏の父であり、藤壺の夫だった桐壺院の一周忌前の喪中のこと。

それまで我慢に我慢を重ねた源氏の欲望は、狂おしく乱れて出口を探すものの、無理に犯してしまうのも畏れ多く、気後れするような藤壺の雰囲気に、最後の一線を越えるのだけはぐっとこらえて、なんと二晩も藤壺の部屋で過ごしてしまう。

抑圧に裏打ちされていっそうイヤらしさが高まっている風情である。

主人公の源氏という人は、しかも、「面倒な事情のある女ほど燃える」男だった。

行きずりの朧月夜と寝たあとで、

「かわいい人だったな。弘徽殿女御（のち大后）の妹なんだろうが、まだ男を知らなかったのは、五の君か、六の君なんだろう」（「花宴」巻）

と思ったあとで、

「帥宮《そちのみや》（螢宮《ほたるのみや》）の妻の三の君や、頭中将と相性の悪い四の君も、美人の評判だったっけ。あれが彼女たちなら、もっと面白いんだけどな……」

と考える。弟の螢宮や、親友の頭中将の妻だったら、もっと燃えるのに、というわけである。

源氏はまた、斎宮《さいぐう》として伊勢に下る、六条御息所の娘（のちの秋好中宮《あきこのむちゅうぐう》）の筆跡を見た時も、

「大人びてるな。年のわりには魅力的かもしれない」（「賢木」巻）

と思い、

「いくらでも顔を見ることのできた小さい頃に、なんでもっとよく見ておかなかったんだろう」

と悔しがることになる。物語によると、源氏は、

「普通と違って面倒な事情のある人に、必ず心が惹かれる御癖」（〝例に違《たが》へるわづらはしさに、必ず心かかる御癖〟）

があるから、というのである。

　この時、斎宮は十四歳。神に仕えんとする身でもあり、なにより源氏の通い所の一人だった六条御息所の娘でもある。懸想するには非常に面倒な相手なわけだが、源氏は、だからこそ心惹か

れる。

そういえば、彼が「夜の来るのも待ちきれない」というほど溺れた夕顔は、親友の頭中将の妻の一人だった。

さらに、その情事が、須磨謹慎の引き金となった朧月夜は、宿敵・弘徽殿大后の妹であり、兄・朱雀帝の愛する女だった。

なにより、彼が我を忘れて夢中になった唯一の人・藤壺こそ、父帝の愛妃という、許されぬ女だったではないか。


彼が藤壺を好きになったのは、なにも彼女に「面倒な事情」があるためではないが、結果的には、そんな事情からくる抑圧が、彼をいっそう燃えさせることになったのである。

そして『源氏物語』のエロスの特徴は、この、物理的にも精神的にも「抑圧」されたところに、ある。

男と女が晴れた空の下、素っ裸で笑いながら海岸を走っているのが『源氏物語』以前の古典文学のエロスなら、『源氏物語』は密室のエロス。密閉された空間での、秘密の情事を、カギ穴から覗き見しているような、秘められたエロスなのである。

実際、『源氏物語』は、高貴な人々の暮らしを誰か（おそらく宮廷女房）が、覗き見しているような視線で描かれているのだ。

密室を覗き見る抑圧のエロス

『源氏物語』は、女房の語り口調で書きおろされる。

「いずれのミカドの御代でしたっけ」

と物語を語り起こし、ひととおり主な登場人物を顔見せしたあとの「帚木《ははきぎ》」巻冒頭では、

「〝光る源氏〟なんて名前ばっかりご大層ですが、不名誉な失敗も多いんです。そのうえ、こんな浮気沙汰を後世の人が伝え聞いて、軽薄な評判を立ててはと、内緒にしていた秘密のことまで語り伝えてしまうなんて、口さがないったらないですね。でも本当は源氏の君はすごく世間にはばかってマジメにしていたから、それほど面白い話もなくて、交野《かたの》の少将には笑われたと思いますけど」

などと言っている。交野の少将とは、今は散佚《さんいつ》して伝わらない当時の物語で有名な色好みである。彼が聞いたら笑っちゃうていどの、面白くもない浮気沙汰というのが、空蝉《うつせみ》や夕顔との恋のことなのだが。

女房らしき語り手は、その後も、

「主人公はああ言ってるが、本音はこうなんです」とか、

「実はこの時、裏ではこんなにとんでもないことが起こっていたんです」

などと、要所要所で客観的な解説をする。

これを「地の文《じ》」といい、そのナビゲーターである女房が、昔、覗き見した源氏の暮らしを、今の読者に伝えた物語、というのが『源氏物語』の設定なのである。

人の生活を誰かが覗くという設定。実はこれは、当時の貴族にとってはわりと受け入れやすいものだった。

当時は、恋の一段階として〝垣間見《かいまみ》〟という習慣がある。文字通り、垣根のスキ間や、土塀の崩れなどから、お目当ての異性を「垣間見る」。早く言えば「覗き」である。

というと聞こえが悪いが、年頃の娘のいる家では、娘を男に見てもらうため、わざわざ覗きの機会を作ったくらいなのだ。

というのも再三言うように、高貴な女は人前にめったに顔を見せない当時、男が女を「見る」、女が男と「会う」というのはイコール「セックス」を意味していたと考えていい。だから恋は「会う」までが勝負。噂や垣間見で恋心をつのらせた男は、ラブレターでアタックする。最初は代筆だったのが、直筆の手紙をもらえればしめたもの。文通が始まり、うまくいけば御簾《みす》や几帳《きちょう》を隔てた対面が許され、やがて女房などの手引きによってセックスにもちこむことができる。

つまりセックスするまで名目上は「会えない」わけで、「俺はこの女で行くぞ」と男が心にゴーサインを出すきっかけは、垣間見にかかっているのである。一方、女側も、顔も見せずに男と会って、「俺の好みじゃなかった」などとヤリニゲられてしまうよりは、姿を見せて気に入ってもらっ

たうえで男と会ったほうが、幸せにつながるため、

「私はこんな姿形です。うちの暮らしぶりはこんなです」

とアピールできる垣間見は必要なのである。もちろんその際、女側も、部屋の奥から男の容姿や物腰をチェックしたのは言うまでもない。その段階で「気に入らないわ」と思ったら、手紙に返事をやらなかったり、それとなく拒絶の歌を詠んでやればいい。

容易に会えない時代だからこそ、男も女も、恋には「覗き」が必要だったのだ。

「覗き」がハバをきかすのは、恋だけじゃない。

男たちと浮き名を流し、『和泉式部集』によると、藤原道長に〝うかれ女《め》〟と呼ばれた和泉式部は恋人の敦道《あつみち》親王邸に住みこむのだが、正月、親王の北の方付きの女房たちは、

「年始参りに来た男たちよりも、式部を見ようと、障子か何かに穴を開けて大騒ぎした」

と『和泉式部日記』には書かれている（てことは、例年は、年始参りの男たちを、女房は覗き見していたわけだ）。この和泉式部という人は、天才的な歌人だが、何かとお騒がせの人だったようで、敦道親王と堂々と車に相乗りして祭を見物したこともあった。しかも、車のスダレの下からわざと紅の袴を見せ、そこに〝物忌《ものいみ》〟と書いた大きな赤い札をつけて、地面すれすれに垂らすという目立ちよう。紅の袴は今でいう下着みたいなもんだし、札の意味は「謹慎中」とか「生理中」とか「ただ今取りこみ中」ということ。下着に「ただ今取りこみ中」じゃあ「中で何しているんだろう」てなもので、「祭よりこっちのほうが気になる」と、この時も見物人を集めてしまっ

ている（『大鏡』兼家）。そんな芸能人レベルの和泉式部だから、もしもその時ワイドショーのようなものがあれば、「式部さん、今のお気持ちどうですか？」などと、ずかずかと部屋に踏みこまれてしまったことだろう。それを思えば、あくまで覗きにとどめる心は可愛いが、穴を開けてまで見るという態度は、お上品な王朝貴族のイメージを狂わすものがある。

覗きというのは、貴族にとってそれほど当たり前だったのか、『源氏物語』では、空蟬の弟が、源氏の姿を見て、

「噂通りの美貌でした」

と姉に報告すると、空蟬が、

「昼なら、覗いて拝見するのだけど」

と眠たげに言うシーンがある。さらに、そのやりとりを、源氏が立ち聞きする。自分の姿を覗き見したいと言いあう姉弟の会話を、立ち聞きする男。ここには、男も女も覗き覗かれ、生活していた平安貴族ならではの「覗きの文化」がある。

だから、当時の貴族の最大の悩みは〝人目〟である。周りに人の目が多い、一人になれない、ということだ。

高貴な女が人前に出ないといっても、召使の女房たちには常にガードされている。つまり、しっかり見られている。

たとえば紫式部の仕えた中宮彰子《ちゅうぐう》のおつき女房は三十人以上（『紫式部日記』）。これらの女房は常に全員出そろうわけではないが、女主人がまったく一人きりになることはない。もちろんセックスの時だって。遠巻きにしてはいるものの、叫べば聞こえるところに、通常、女房は控えている。控えているだけではない。女主人に男を手引きするのも女房だ。だから男はまず女房を手なずけ（場合によっては男女の関係になって）、お目当ての女のもとに手引きしてもらう。源氏が藤壺に迫った時、「胸が痛い」と苦しむ女主人の声に、女房がさっと飛んで来たのもこういうわけなのだ。

高貴な人たちは、「覗き」を含めて、常に誰かに監視されているのである。

だから彼らは人目を避けるため、「デート用の密室」として廃屋や小屋を確保しておく。そして「秘密にしたい恋」が始まると、そこをラブホテル代わりに利用する。

源氏が恋人の夕顔を連れこんだのは皇室所有の廃院だったし、宇治十帖で匂宮《におうみや》が浮舟《うきふね》と情事にふけったのは、召使の親戚が管理する粗末な造りの別荘だった。

けれどそれでも、平素召し使う女房に隠れて、恋をするのは不可能だ。芸能人と今の皇室を足して二で割っても追っつかないほど、彼らにはプライバシーがないのである。

ミカドの中宮・藤壺と継子・源氏の密通という、物語きってのタブーの恋も、藤壺が最も親しく使う二、三の女房には、バレている。二人の密通の手引きをするのも、それを人から隠すのも、この親しい女房たちなのだ。

彼女たちは、高貴な人々の生活を「覗く人」であり、同時に、出来事の一部始終を目撃し、報告する「証人」でもあった。

高貴な人の「秘め事」が、女房らしき誰かによって語られるという『源氏物語』の設定が、架空の恋に、文字通り「見てきたような」リアリティを与えているのは、こんな背景があってのことなのだ。作者の紫式部自身、彰子中宮に仕える女房として、男たちに覗き見されたり、貴人の暮らしを覗き見する境遇に置かれていたのだから。

タブーを破るエロス

『源氏物語』のエロスは、こうした平安貴族ならではの生活習慣と無関係ではないと思う。でも、それ以上に見すごせないのは、当時としては厳格な、紫式部の道徳観である。

こう書くと、

「あれえ？　『源氏物語』はエロ本じゃなかったの？」

と、読者は戸惑うかもしれない。

美人、ブス、処女に少女に老女に人妻、養女、継母、時には少年と、性の相手も形もなんでもありの『源氏物語』は、たしかに一見、タブーのない一大愛欲絵巻に見える。

ところが物語をよく読むと、『源氏物語』以前はもちろん、当時としても厳しい恋愛道徳に貫かれていることに気づく。

それというのも、『源氏物語』の女に、自ら好んで男とセックスする者はいない。男に強引に迫られて、拒みながらも、最後は言いなりになっちゃうパターンが大半だ。そして行為のあとはたいてい後悔する。「なんてイヤな我が身だこと」と、自己嫌悪に陥っている。

積極的に複数の男とつきあう源典侍《げんのないしのすけ》のような女は、

「いい年をして、なぜこんなにふしだらなのか」（「紅葉賀」巻）

と不審がられ、笑いものにされる、色狂いの婆という、ぶざまな設定にされている。

しかも、藤壺や空蟬、夕顔、朧月夜や浮舟など、心ならずも（朧月夜は例外）夫や愛人以外の男とセックスした者や、六条御息所など、夫の死後に男とセックスした者は、死ぬか出家か自殺未遂する。藤壺、六条御息所にいたっては、死後、地獄に堕ちたという設定だ。

「親にも隠し、しかるべき人も許さないのに、自分から男と密事をしでかしたりするのは、女の身にとっては、〝ますことなき疵《きず》〟……これ以上はない傷……と感じられるものだ」（「若菜上」巻）

という朱雀院のセリフとか、

「一般人さえ、少しはましな身分の女が、二夫《じふ》にまみえることは情けなく軽薄なことなんだから、ましてあなたのような皇女のお立場では、いいかげんなことでは男を近づけてはならないのに」（「夕霧」巻）

という一条御息所《いちじようのみやすどころ》（落葉の宮《おちばのみや》の母）のセリフも、わざわざそれを登場人物に口にさせていると いう点で、（とくにセリフの前半が）紫式部の道徳観を示していると私は思う。

女が複数の男とセックスするなんてロクなもんじゃない。積極的に男に迫るなんてみっともない……そんな男性本位の儒教思想や、性を罪悪視する仏教的な価値観が、『源氏物語』には色濃く感じられるのだ。

これは、

「いい男が一人で海に浮かんでいたので、親しくなりたくて風雲に乗ってやって来ました」(『丹後国風土記』逸文)

と迫った浦島太郎の亀姫(いわゆる乙姫様)や、

「私はこの人と結婚する」(『古事記』上巻)

と好きな男を指名したオホアナムヂノ神(大国主命《おおくにぬしのみこと》)の妻の一人であるヤカミヒメをはじめとする積極的な女たちをヒロインとして持ち上げた、『源氏物語』以前の古典文学とは大違いである。

そもそも日本の国土や神々は、

「イザナキとイザナミが次々セックスしてできました」

と『古事記』『日本書紀』に記されているような国柄である。

『源氏物語』が生まれた平安中期にしても、和泉式部のように複数の男とつきあう女は〝うかれ女〟と揶揄されながらも、当の揶揄した道長の娘・彰子に仕える女房に抜擢されているのだ。

それが『源氏物語』では、恋に浮き身をやつした源氏さえ、愛妻の紫の上に死に別れた晩年は、「人を好きになって執着することは〝いとわろかべきこと〟(とても悪いことに違いない)と、

昔から気がついていて、万事どんなジャンルでも、この世に執着が残らぬように気をつけていたのに」(「幻」巻)

と後悔する。

『源氏物語』を儒教的・仏教的な切り口で解釈していた中世以来の説を批判し、そのテーマは〝もののあはれ〟としたのは本居宣長《もとおりのりなが》だが、彼がなんと言おうとも、紫式部は、完璧に、「人を愛することなかれ」の、仏教思想に影響されているのである。

学者官僚の父をもち、幼い頃から漢籍を熟読してきた紫式部は、当時の日本人には珍しく、仏教道徳を消化していたのだろう。だから、物語でイヤミなく使いこなせたのだ。

つまり『源氏物語』には、タブーがないのではない。当時の常識以上のタブーを内包したうえで、よりにもよって、

「抑圧されると燃える」

という主人公が、それを破っていくという、しくみになっている。

その際「性はイケナイこと」という道徳心が根っこにあるから、そこから外れた者は強い罪悪感をもつ。人を愛することは〝いとわろかべきこと〟と思いつつ、ぐずぐずと崩れ堕ちていく、背徳のエロスがあるのだ。

『源氏物語』と仏教のエロティックな関係

だからはっきりいって、『源氏物語』のエロスは仏教のもつエロスと深い関わりがあるというか、根はつながっていると思う。

性を罪悪視する仏教は、性がヒトに与える影響をそれだけ大きく評価している。だから、仏教思想の普及に使われた「仏教説話」には、性の話がたくさん出てくる。性＝悪という色メガネをかけたうえで、性に走ってしまうヒトの姿を「弱く、罪深いもの」として浮き彫りにする。ゆえに、そこで描かれる性は、どうしても屈折したものになりがちだ。吉祥天女像が女に姿を変えて、男に犯され続けたあげく、別れぎわに二桶《おけ》分の〝白き物〟（精液）を「これ、今までの分」と男に返した話とか（『古本説話集』下六二）、男を受け入れる穴のない尼の話（『日本霊異記』下巻第十九）とか……。

そして『源氏物語』にも、それ以前の古典とはひと味違う、ひねったエロスが多く目につく。たとえば、明石の君の生んだ姫君を引き取った紫の上は、子供がないため、乳は出ないはずなのだが、

「姫をふところに入れて、可愛らしげなおっぱいを何度も吸わせては遊ぶ様子は、はた目にも見応えがある」（「薄雲」巻）

などと描かれている。紫の上の乳が〝うつくしげ〟（可愛らしげ）なのは、乳が黒くなったり大

きくなったりしぼんだりする妊娠出産の経験がないからだ。その可愛い乳を、姫の小さな口にあてがって、吸わせる彼女は二十四歳の若く美しい女盛り……。

このシーンを読むたび、私はぞくっとしてしまう。いくら子供好きといっても、一度も子供を生んだことのない紫の上が、胸もあらわに乳を吸わせる姿というのは、万事、露骨さを避ける『源氏物語』にあっては唐突で、ドキリとするのだ。おおっぴらには出せないので、「授乳のふり」というしぐさにかこつけて見せてくれたにしても、セックスシーンもぼかして描かれる紫の上が、こうも簡単に「可愛らしげなおっぱい」を出してくれるとは。江戸時代の浮世絵で、山姥が幼な子の金太郎に豊満な乳を吸わせるという構図があるが、授乳という設定により、セックスシーンにも似たエロスを実現した浮世絵と同趣の構造が、この紫の上の擬似授乳シーンには、ある。

素っ裸より、シースルーから透ける肌のほうがずっとエロティックなように、紫の上の乳出しは、抑圧された性道徳というシースルーをまとった『源氏物語』ならではの、屈折率の高いエロスのように思う。

『源氏物語』には、逃げ場をなくした空蟬が、継子・軒端荻《のきばのおぎ》が源氏と関係するのを、息を殺して見ていたり、落葉の宮の女房が、喪中というのに、宮の喪服を着替えさせて、女主人に男（夕霧）を迎える用意をしたり……と、ほかにも、屈折率の高いエロスは多い。

宗教色の強まる宇治十帖では、この手のエロスはエスカレートして、匂宮が薫を装って浮舟を犯したり、中《なか》の君《きみ》を犯そうとした薫が、妊婦の腰帯を見て思いとどまったり、匂宮がわざと浮舟を下着姿で過ごさせたり。

紫式部はタブーに挑戦するかのように、これでもかこれでもかと、屈折率の高い設定を作っていき、それにつれて、そそるエロスも増していくのだった。

3―リアルな身体描写

身体描写のない人々

『源氏物語』の身体描写は、とにかくリアルである。

ということに気がついたのは、結婚したてのヒマな頃、上代から中世にわたる古典文学を、たてつづけに読んで、その身体描写をノートに書き写していた時のことだ。

「身体描写」と呼ぶには、はばかられるほど、描写がお粗末な、『源氏物語』以前の古典と比べると、これが同じ国の物語？　と驚いた私は、『「源氏物語」の身体測定』（のちに大幅に加筆訂正して講談社＋α文庫『「ブス論」で読む源氏物語』）という本を書いた。そこで、いかに『源氏物語』の身体描写が空前か、ということを、なぜ平安中期に空前の身体描写が実現したか、という問題とあわせて考えた。

だから、詳しくはそれを見てもらうのが手っとり早いのだが、面白いのは、物語にほんの一、三度登場するだけの玉鬘の侍女や、それこそ一回こっきりの修行僧や庶民の体格にまで言い及ぶ

『源氏物語』が、どうしてこんな重要な人に？　と驚くような人たちの身体描写をほとんどしていないことだ。

桐壺院、桐壺更衣、藤壺中宮、弘徽殿大后、葵の上、六条御息所、朝顔《あさがお》の姫君《ひめぎみ》という面々が、それに当たる。このうち桐壺院と弘徽殿大后の身体描写は皆無である。

彼らはいずれも源氏の人生を左右するほどのスケールをもつ主要人物だ。桐壺院と桐壺更衣は彼の両親。藤壺と弘徽殿大后はともに継母で、藤壺は源氏の女遍歴の原点にある「運命の女」。弘徽殿大后は、彼を須磨謹慎に追いやり、結果的には、その政権を揺るぎないものにした「試練の母」ともいうべき存在だ。

そして葵の上は源氏の最初の正妻で、実家・左大臣家の権力で、彼を政治的にバックアップ。六条御息所は、彼の活動基盤となった六条院のもとの地主である。

さらに朝顔の姫君は、源氏と肉体関係がないにもかかわらず、「長年、多くの女たちの有様を見聞きしてきたが、思慮深く、それでいて魅力にあふれた点では、あの方と比較できる人さえいなかったよ」（「若菜下」巻）と、源氏に絶賛される「理想の女」である。

いずれも、源氏の人生の大動脈を貫く重要人物であることが一目瞭然だ。なのに、どうして身体描写が少ないのだろう。

逆に、身体描写が多い人というのはどういうタイプなのだろう。

と考えた時、ある面白い事実が、浮かび上がってくるのである。

『源氏物語』の身体描写はセックス描写

『源氏物語』で身体描写が最も多い人、それは源氏である。次いで愛妻の紫の上、宇治十帖の薫、浮舟、匂宮……といった人々がそれに続く。源氏の妻の明石の君、晩年の正妻・女三の宮、源氏の子の夕霧《ゆうぎり》、頭中将と夕顔の子で鬚黒の妻となる玉鬘の身体描写もそこそこ多い。

これは、何を意味するのだろう。

と、思いを巡らすと、身体を描写されるというのは、誰かに「見られて」いるから実現するということに気づく。

そして、古代、「見る」ということばには「セックス」や結婚という意味も含まれていた。源氏の恋愛遍歴を描く物語で、一番「人」に見られているのは、源氏である。だから、彼の身体描写が最も多いのは当たり前なのだ。「人」とは、源氏と関わる女たちであり、作者の紫式部であり、読者でもある。源氏は常に誰かに「見られる人」なのだ。

それと同時に、彼は、誰かを「見る人」でもある。そして彼に最も親しく「見られた人」は、愛妻の紫の上である。ゆえに身体描写も多いのだ。

『源氏物語』の身体描写は、言ってみれば、セックス描写なのである。

セックスシーンが多い人ほど、身体描写もまた多い。源氏や紫の上、薫、浮舟……などは、いずれもセックス絡みのシーンが多い人たちばかり。

一方、身体描写のない面々は、セックス描写が少ないか、皆無なのである。

身体描写のない人たちが、セックスしていなかった、という意味では、もちろん、ない。『源氏物語』の主人公は源氏である。その他の登場人物は、源氏との「関係」によって、その存在にメリハリがつけられている。つまり『源氏物語』のセックス描写はあくまでも源氏の「目線」や「気持ち」に沿って成立しているわけで、ある人物のセックス描写の少なさは、そのままその人への源氏の性的興味の薄さを意味している。

彼の両親に身体描写がないゆえんである。

彼をいじめた継母の弘徽殿大后も同じである。

葵の上も、源氏との間に夕霧という子までなしたものの、不仲な期間の長かった二人に性描写はない。

六条御息所も、源氏にとっては「寝たい」「抱きたい」女というより、「しかるべき折りふしなどに話を聞いてもらえる」(「葵」巻)相談相手だった。それを物語るように、彼女の身体描写がまったくないのに対し、「なんて字がうまいんだ」とか「教養の深さはさすがだ」といった側面ばかりがくり返される。頼りがいのある年上のお姉様といったところだろう。頼りにはなるが、「この女をハダカにしてみたい」という気持ちの薄さが、身体描写を奪っている。このことは、源氏の興味がどこにあるかによって、女たちが描き分けられている、一つの証左とも言える。

同じ年上でも、相手が憧れの藤壺となると、いつもなら落ち着いて段どりを踏む源氏が、服もとり散らかして、

「〝うつし心〟（正気）を失ってしまう」（「賢木」巻）

という体《てい》たらく。好きだ好きだ、の気持ちが強すぎて、肉体への興味があと回しになっている。相手の体を堪能する余裕がない。だから身体描写がない。これによって、いくらセックスしても、した気になれない源氏の「心の渇き」、手の届かない藤壺という女の「神聖さ」まで伝わって、源氏と藤壺の「距離の遠さ」を改めて読者に感じさせるのだ。

最後まで源氏を拒んだ朝顔の姫君に、身体描写がないのは言うまでもない。

一方、身体描写の多い面々である。

源氏や薫や匂宮といった男たちは、彼らに抱かれた女たちが「なんて美しいの」と思うだけでなく、男の目から見て「彼を女にして逢ってみたい」または「自分が女だったら、こんな男に抱かれたい」という観点から、その体が描写されている。

また、ふだん人目にさらされることのない女たちは、彼女を抱いた男の目なり手触りなりで描写されている。

つまり女のほうが、よりセクシャルなシーンに限定されて体が描かれている。

空蟬や夕顔が「小柄」というのも、玉鬘が「むちむちとした肌で長身」というのも、明石の君が「すらりとしていて、六条御息所のような気配」というのも、すべて彼女たちの寝所《しんじょ》に忍びこんだ男・源氏が、人間センサーとなり、自分の体で見たり抱き締めたりした感触で割り出した体格なのである。

だから、女の肌触りまで伝わってきそうな描写である。

たとえば、「取り立てて優れたところがない」（「夕顔」巻）にもかかわらず、頭中将の心に未練を残し、源氏をとりこにした夕顔の姿形は、こんなである。

「雰囲気は、びっくりするほど柔らかい」

「華やかならぬ姿がとても可憐で、華奢な感じで、そこと取り立てて優れたところはないけれど、ほっそり、なよなよとして、ちょっとものを言う様子も、ああいじらしい、とただただ可愛らしく見える」

そして「とても小さい」彼女は、源氏に軽々と抱き上げられて、性のアジトたる廃院に運ばれる。コンパクトな彼女は、今でいうならトイレやエレベーターの中でも、ところ構わず、お行儀悪く、犯せる（モノ扱いできる）気安さがあった。これは宇治十帖の浮舟も同様で、彼女たちはいずれも、男たちにまともな妻扱いは、してもらえない。

一方、長身な明石の君や玉鬘は、きちんと自分の屋敷の中で犯されて、男の妻の座にどっしり腰をおろす。

女たちの身体描写は、そのセックスの内容や、人生まで彷彿とさせてくれるのだ。

モノに近い体ほど身体描写の対象になる

『源氏物語』の身体描写はセックス描写である。

だから、源氏の運命を変えた重要人物に身体描写がない代わり、源氏が性的欲望を覚えた女は、たとえ端役でも身体描写がある。

その代表が、空蟬の継子の軒端荻である。

源氏が空蟬を覗き見した時、目に入った軒端荻の体はこんなぐあいに描かれている。

「白い薄物の単衣襲《ひとえがさね》に、二藍《ふたあい》の小袿《こうちき》のようなものを無造作に着て、赤い袴の腰紐を結んだ際まで、胸をあらわにした、しどけないかっこうである。とても色白で、きれいにむちむちと肉づきがよく、背が高い。頭の形や額の生え際も華やかで、目もとや口もとに愛嬌がある、派手な顔立ちだ。髪はとてもふさふさとして、長くはないが、髪の先や肩にかかるラインがきれいで、万事ひねくれたところがなく、美しい人と見受けられる」(「空蟬」巻)

なんとも詳しい描写ではないか。

きれいな軒端荻よりも、ブスでもたしなみ深い空蟬(そのブスぶりについては1-4で触れる)に、惹かれるという源氏の気持ちを導き出すためにしても、この具体性は、美人の中では破格の部類である。

源氏の愛妻の紫の上や、夕顔の体が詳しく描写されたといっても、「今を盛りに咲き誇る花」とか、「もの柔らかな感じ」というイメージ本位の描写に交じって、ちらほら出てくるていどである。

それが軒端荻は、いきなり具体的なのである。

これが意味するところは、身体描写がなかった藤壺と比べると、明らかだ。藤壺の時は、源氏の思いが強すぎて、冷静に体を観察するどころではなかった。逆に言うと、軒端荻のケースでは、相手の気持ちを完璧に無視できたから、こんなにも冷静に体のすみずみまで観察することができた。つまり、愛してなんかいなかった。源氏にとって軒端荻は、おいしそうな肉のカタマリ。モノ、に近かった。

それが証拠に、空蟬を狙って寝所に忍びこんだ源氏は、寝ていた相手が軒端荻と知ると、

「(覗き見した時)火影《ほかげ》に見えた、あの可愛い人なら、まぁいっか」

とセックスしてしまう。したあとは、

「身分柄、思いのままに行動できないんだ。また、あなたの周りの人々もきっと許してくれないよね。そう思うと今から胸が痛い。でも忘れないで待っててね」

とテキトーなことを言って期待させておきながら、もう行かない。

「この女なら、誰かと結婚したとしても、変わらず打ち解けてくれそうだ」(「夕顔」巻)

とタカをくくって、ほったらかしにしてしまう。

ヤリニゲだ。

それでいて、彼女が結婚したと知ると、

「死ぬほど愛している私の気持ちは知っているの？」

などと手紙を出すんだからタチが悪い。しかも心の中では、

「この手紙を彼女の夫が見たら、私との関係がバレちゃうな。でも夫も、私が相手だったと知れば、それでも許してくれるだろう」

などと勝手なことを思っている。軒端荻の立場や気持ちなど、みじんも考えちゃいないのだ。

『源氏物語』では、身体描写があるからといって、それだけその女が男に愛されている、大事にされている証拠には、まったくならない。逆に、藤壺のように、身体描写がないことで「男の思いの強さ」を証明しているケースもある。つまり『源氏物語』のセックスは、愛とイコールじゃない。それどころか、愛していればいるほどセックスできないという、奇妙に観念的な関係を、表現してもいるのである。

4―ブスな女の現実感

空前のブス末摘花の空前の身体描写

『源氏物語』の身体描写の中でも、とくに目を引くのは、不細工な女たち（私には『ブス論』などの著書もあり、不細工な女を、以下「ブス」と呼ぶことをお許しいただきたい）の詳しい描写である。なかでも、源氏の妻としてのちに二条東院に迎えられることになる末摘花は、凄まじい。

源氏が白日のもと、初めて見た彼女の姿は、こんなである。

「まず、座高が高く、胴長に見えるので、源氏の君はああやっぱりと胸がつぶれた。次に〝あなかたは〟（なんと不細工な）と見えるのは鼻であった。思わず目がとまる。普賢菩薩《ふげんぼさつ》の乗物（象）かと思える。驚くほど高く長く伸びていて、先の方が少し垂れて赤らんでいるのが、ことのほかイヤな感じである。肌は雪も顔負けに白く青味がかって、おでこはこよなく腫《は》れていて、（扇で隠した顔の）下にも、まだ顔が続いているのは、おおかた、おどろおどろしく長いのだろう。しかも痩せていることといったら、痛々しく骨ばって、肩のあたりなどは痛そうなほどに着物の上

からも見える」（「末摘花」巻）
その姿を見た源氏は、
「どうして、こうも一つ残らず、見ちゃったんだろう」
と悔やまれるものの、物珍しさに、さすがに、じろじろ見ないではいられない、というほどなのである。

それにしても、末摘花の醜さの描写の詳しさは、異常である。
『源氏物語』以前のブスの横綱であるイハナガヒメなどは、
〝甚凶醜《いとみにく》き〟（『古事記』上巻）
とされるだけで、具体的にどこがどう醜いかの説明がない。

ところが紫式部はまるで見てきたように、末摘花がいかに醜いかというディテールを、これでもかこれでもかと説明する。美人の顔は「桜のようだ」とか「似る者がなく美しい」などと、あっさり流す紫式部が、ブスとなると、なぜこうまで？　と不思議なほど、顔のパーツまで具体的に描き出すのである。

ブスの特徴を克明に描いた箇所のあるものとしては、『源氏物語』より半世紀ほどのちの『新《しん》猿楽記《さるがくき》』という物尽くし的な本があるが、物語では、『源氏物語』以前には見当たらない。

ただ、東洋文庫版の『新猿楽記』（川口久雄訳注・平凡社）の〔私考〕で紹介されている中国の『琱玉集《ちょうぎょくしゅう》』などには、著名なブスの容貌を綴った項目があり、漢籍に詳しい紫式部がこうしたものに目を通していた可能性もある。

川口氏も先の〔私考〕で『源氏物語』の末摘花に言及。彼女が源氏の妻となったのは、

「いっそう理想的な婦人像、美人像をひきたてるためでもあり、中国文学伝統の影響でもあった」

としている。中国文学の影響というのは賛成だが、美人を引き立てるためというのはどうであろう。私にはどうもそれだけの理由には思えない。

興味深いのは、ブスの末摘花を、

「物珍しさに、ついつい見つめてしまった」

という源氏の行為である。

そして、この醜貌を見たあとで、源氏は彼女との結婚を決めている。

これは末摘花に惹かれていると見ることもできるのではないか。

ブスの魅力

どうも源氏が末摘花に感じているのは、「物珍しさ」や「同情」だけではなさそうなのだ。というのも、彼女の醜い姿をはっきり見たあと、さらに追い討ちをかけるようにして、どん底の貧乏ぶりを知ってしまった源氏は、

「私以外の男はまして我慢できようか。こうして彼女と逢うことになったのは、彼女の亡き父親

王が彼女を案じるあまり、残していかれた魂の導きかもしれない」(「末摘花」巻)

そう考えて、結婚を心に決める。そして、

「末摘花が、世間並みの女で、とくに人と違うところがなかったら、このまま捨て去ることもできるが、はっきりご覧になったあとは、かえってしみじみといじらしく、色恋抜きで、〝常に〟お訪ねになる」

ということになる。

ブスで貧乏で、歌もろくに詠めない末摘花を、である。

いかにも同情心でしているように書いてあるが、暮らしの面倒を見るだけなら、なにも〝常に〟訪れなくてもいいのだ。それを源氏は、六条御息所や正妻の葵の上、可愛い紫の上と過ごす時間を削ってまでも、末摘花の家に通う。

末摘花の寒そうな赤い鼻がしぜんと思い出されてきて、苦笑したり、

「なぜ自分から、こうも情けない関係を続けるのだろう。こんないじらしい紫の上を見ずに」

と、我ながら自己嫌悪に陥ったりしながら。

これも一種の「好き」ではないのか。

源氏の言い分は、あの子には俺が必要なんだ。俺がいなくちゃ、あの子はダメなんだというのと同じで、ここまでくると、末摘花のブスさが良くて惹かれたというより、ブスな容貌をひっくるめた、末摘花自身を好きになっているのでは? とさえ思える。

紫式部はなぜ、こんな設定にしたのか。

一つには、これほどまでに醜く貧しい末摘花と関係したばかりか、見捨てず屋敷に迎えた源氏……という男の「奇特さ」「優しさ」「素晴らしさ」を浮き彫りにする意味があったろう。

それは、貴族社会を支えていた「恋と美」の否定にもつながるわけで、あとで触れるように革命的とも言える紫式部の文学的挑戦をも表すと私は考えている。

今でいえば、人を見た目で判断し、差別するルッキズムへの抵抗である。

しかし、それなら一人でもいいような気がするのだが、『源氏物語』には、このブスの多さはいったい何なんだ……と不思議なくらい、実は、源氏を取り巻くブスは多いのだ。

末摘花以外のブスたち

源氏に「忘れられない女」として思われ続けるという、おいしい役を物語であてがわれている空蝉も、末摘花ほどではなくても、ブスという設定だ。

源氏と彼女が出会ったのは、夫の赴任中、彼女が身を寄せていた継子の紀伊守《きのかみ》の家に、源氏が方違《かたたが》えに訪れた折りのこと。方違えとは、陰陽道の説による風習で、外出の方角が悪い場合、前夜に別の方角へ行って泊まり、改めて目的地へ行くことだ。

この時、彼は、宮中を退出して葵の上のいる左大臣邸にいたのだが、宮中からは方角が悪いことに気づき、召使のススメで紀伊守邸にいったん赴くことにした。そこで、空蟬を人妻と知りながら、好奇心から、彼女を犯してしまう。

夜目に感じる空蟬は〝いとささやか〟（とっても小柄）な女だった。そして、〝いと小《ちひ》さやかなれば、かき抱《いだ》きて〟（「帚木」巻）

源氏は、空蟬を奥の寝所に連れこんでしまう。

そこでは暗くて顔を見ることはできないが、女はなかなか奥ゆかしい、それでいながら意志の強い人と分かる。

そして、源氏が三度目に彼女のもとを訪れた時、灯火のもとで覗き見た、空蟬の姿は、こんなだった。

「頭のかっこうが細く小さく、見映えのしない姿をしている。顔などは向かいあっている人などにも、ことさら見えないように気をつけている。手つきは痩せ細っていて、しきりに袖を引っぱって隠している」（「空蟬」巻）

「目は少し腫れた感じで、鼻もくっきりとしたところがなく、ふけていて、つややかな美しさも見えない。〝言ひ立つればわろきによれる容貌《かたち》〟（はっきりいえばブス寄りの顔）」

具体的である。

こういう描写を見ていると、ほんとに源氏は、いや、紫式部はブス好きだなぁ、と感心する。

美人にはない、この詳細な描写のせいで、『源氏物語』はブスのオンパレードみたいな印象を受けるほどだ。

しかし、そんなブスの一人である空蟬は、末摘花と違って、「実にスキのない身だしなみで、容姿のまさる軒端荻よりは手応えがありそうだと、目がひきつけられる様子をしている」

空蟬はいわば「雰囲気のあるブス」で、理性とセンスとたしなみで、美しい継子の軒端荻に勝る評価を得ているのだ。

とはいえ、彼女がかなりのブスであったことは、源氏が彼女と末摘花をしばしば比較していることからも分かる。

末摘花の醜さ貧しさ頭の悪さを、初めてしっかり見た時、彼はこう思う。

「あの空蟬も、くつろいでいた宵に見た横顔は、〝いとわろかりし容貌ざま〟(とてもブスな容姿)だったが、身だしなみに隠されて、捨てたものではなかったのだ。末摘花は、身分では空蟬に劣るような人ではないが、なるほど女は身分にはよらぬものだな」(「末摘花」巻)と。

また、中年以降、年とともに奥ゆかしい魅力の加わる空蟬と、醜さは増すのに成長のない末摘花を比較した源氏はこうも思う。

「せめて、空蟬くらいの相手のしがいが、末摘花にもあればいいのに」(「初音」巻)と。

末摘花と比較の対象になってしまうという点に、空蝉のブスさ加減が表れていよう。

『源氏物語』のブス革命

親王の娘ながらも早くに両親を亡くした末摘花。従四位下相当の中央官僚である衛門督《えもんのかみ》の娘ながら、やはり孤児になって、地方官僚である受領《ずりょう》の後妻となった空蝉。『源氏物語』のブスたちは、いずれも同情すべき境遇にあるのも、ブスといえば、富裕で意地悪な悪役だった『源氏物語』以前のブスとは違う点である。

第三のブス・花散里も、源氏の父の妻・麗景殿女御《れいけいでんのにょうご》の妹君という高貴な身分ながら、頼るあてのない、心細い身の上だ。そんな彼女を源氏が妻として屋敷に迎えたのは、そうした恵まれない境遇への同情も、一つにはあった。

この花散里は、

「容姿も芳しくはないのだな。こんな人でも、父はお見捨てにならなかったのか」（「少女」巻）

と、彼女の養子となった夕霧が驚くレベルの人である。

にもかかわらず、源氏が相応の待遇を惜しまなかったのは、優れた女性の多い『源氏物語』の中でも、とりわけ彼女の性格が、源氏にとって好ましかったためだ。

源氏の援助で暮らす弱みもあってか、花散里は、彼がめったに訪れなくても、恨んだり、他の男に走ったりしない。

　おっとりとして穏やかで、それでいて実に聡明で、

「自分はこのていどの宿縁に生まれてきた身なのだろう」（「薄雲」巻）

と自分に言い聞かせ、運命を受け入れている。

　それでいて、着物の染色の腕は、紫の上にも劣らないほど。源氏は、「この人になら安心して、子供を任せられる」とばかり、葵の上の生んだ夕霧や、夕顔の忘れ形見の玉鬘を「養子」として、花散里に託す。

　源氏にとっては「都合のいい女」だったわけだ。

　この彼女の容貌はしかし、紫の上の次に、源氏に尊重されていたという「地位」のせいか、はたまた源氏の彼女への性的興味の薄さのせいか、末摘花や空蟬ほどどぎつく描かれない。ただ、先の夕霧の感想に加え、

「もともと良くない御容貌が、年を重ねて、痩せ細って、御髪《みぐし》も少なくなってきた」

と書かれているところを見ると、相当ブスだったことは間違いない。

　しかも話は遡るが、源氏が須磨謹慎のあと、久方ぶりに末摘花を訪れたのは、花散里の家へと向かう途中のことで、末摘花の屋敷をあとにした源氏のことを、物語はこう評している。

「かの花散里も目立って今風に華やいだところもないのだから、このあとそちらに行って会ったところで、末摘花の欠点も目立つまい」（「蓬生」巻）

と。花散里の容姿が末摘花と五十歩百歩であることが、ここからも浮き彫りになる。

そんなブスでも、浮気なところがなくて男に従順なら、主人公の妻になれるという点が、『源氏物語』特有の父系社会的な価値観を示していて興味深いのだが……。

主人公の妻や恋人に三人もブスがいて、しかもいずれも悪役ではないというのは『源氏物語』以前の物語では考えられないことだ。

『源氏物語』以前の物語ではブスは必ず悪役だ。『古事記』『日本書紀』に出てくるイハナガヒメは妹のコノハナノサクヤビメという美女とセットで天皇家の先祖のニニギノ命の妻になるべく送り出されるが、〝甚凶醜《いとみにく》きに因りて〟(『古事記』上巻)返されてしまう。そのため『古事記』では天皇家の子孫を、『日本書紀』では民の寿命を短くしたという設定だ。

また『うつほ物語』の故左大臣の北の方は大金持ちだが〝年老い、かたち醜き〟(「忠こそ」巻)という設定で、二十歳も下の男に求婚したあげく、継子に横恋慕したのがきっかけで捨てられたうえ、零落するという悪役だ。

とりわけ平安中期は、美醜は善悪業の報いという当時の仏教の考え方が貴族社会に広まった時期で、醜くなるのは罪の報い、自業自得とされていた。『源氏物語』でも、宇治十帖の浮舟の形容として、

〝功徳《くどく》の報《むくい》にこそかかる容貌《かたち》にも生ひ出でたまひけめ〟(「手習」巻)

という表現がある。

「前世で積んだ功徳の応報で、このような美貌に生まれついたのであろう」

というのだ。

そんな時代、主人公の周囲に三人までもブスを配し、しかも悪役にしなかった『源氏物語』というのは、当時の価値観に殴りこみをかける問題作でもあり、私はこれを、

「『源氏物語』のブス革命」

と呼んでいるほどだ。

しかもそれによって物語に大きな効果をもたらすことを実現した。

ということで、次は、『源氏物語』における「ブス効果」というのを考えてみる。

ブスな女の現実感

『源氏物語』におけるブス効果の第一は、彼女たちが、『源氏物語』ならではの現実感を醸《かも》し出しているということだ。

久しぶりに花散里のもとに泊まることにした源氏が、妻にちょっかいを出そうとしても、長いことそういうことがなくて、すっかり「夫婦のこと」は諦めていた花散里は、夫の意図など思いもよらない。

「馬も食わない草で有名な、水辺のあやめ草のような私、そんな私なんぞをお引き立て下さった

のは、今日があやめの節句だからかしら」（〝その駒《こま》もすさめぬ草と名にたてる汀《みぎは》のあやめ今日やひきつる〟）（「螢」巻）

などという、卑下ともイヤミともつかぬ歌を詠んで、いつものように、さっさと間に几帳を立てて寝てしまう。源氏のそば近くに臥すなど〝いと似げなかるべき筋〟（不似合いのこと）とすっかり諦めてしまっているのだ。

源氏は肩すかしを食らう形となって、

「どうして、こんなふうに離ればなれに寝る習慣をつけてしまったのか」

と後悔するがもう遅い。こんなふうに慣らしてしまったのは、ほかならぬ自分自身なのだから。で、結局いつもどおり別々に寝るのだった。

悲しくて、それでいて、いささか滑稽でもある中年夫婦の味。これは、紫の上のような美女では醸し出せない。ブスな花散里ならではの味わいだろう。

そういえば、空蟬が、源氏に迫られた時、強硬に拒絶したのは源氏を嫌ったからではない。

「こんな類いまれな美しい人に、すべてを許してしまうのは、ますます自分が惨めになるだけ」（「帚木」巻）

という劣等感のためだった。

この手の女心の微妙さに美醜はないが、それを美女にやられるとイヤミになる。ドラマなどでも「いや、そんな美人で何言ってんの」と怒りを感じることはあろう。ブスだからこそ、こうした心の動きがリアリティをもって表現できるとも言えよう。

貧困の中、毛皮の着物という、貴族女性にそぐわない防寒着を着こんでガタガタ震えているというのも、美女がやると新手のファッションにも見えかねない。ブスな末摘花ならでは醸し出せる生活感である。

絢爛豪華な美男美女だけでは実現できない、こうした切迫感があるからこそ、『源氏物語』のリアリティは凄味を増し、読者はその世界にますます引きこまれていくのである。

ブスの形容の現実感

ブスの現実感ということでいえば、そもそも、ブスの形容というのは、「鼻が低い」とか「口がでかい」とか「縮れっ毛」とか「ハト胸だ」とか「猿のようだ」とか「垂れたおっぱいが夏牛のふぐりのようだ」(『新猿楽記』の老醜妻の形容です)など、いやがうえにも描写はリアルにならざるを得ない。

これに対して美人の形容は、「天女のよう」とか「楊貴妃さながら」とか、ファンタジックなものになりがちだ。詳細に述べたところで、「濡れたくちびるは赤い果実のよう」(これは『新猿楽記』の美女の形容)とか「白い肌が雪のよう」とか「三日月のような眉」だとか、やっぱりポエムな表現になってしまう。

紫式部が末摘花の鼻が赤いことから、紅花《べにばな》の異名である末摘花と、「花」にたとえたのは、ブスに似合わずリリカルで、そのミスマッチが、かえって笑いを誘ったかもしれない。

いずれにしても、美しさより醜さの形容のほうが、ざらざらとした現実の手触りが感じられる。これは、妙香が満ち、金色の鳥が舞う極楽より、ウジが這い、汚臭の漂う地獄の描写のほうが、ぞくぞくと五感に響くのとよく似ている。美女よりブス、極楽より地獄のほうが、ダイレクトに体に感じやすいのだ。

このことは、紫式部と同時代、一世を風靡した『往生要集《おうじょうようしゅう》』（作者の源信《げんしん》は宇治十帖の〝横川《よかわ》の僧都《そうづ》〟のモデルとされる）が、極楽往生するために極楽をイメージトレーニングすることを目的にしたにもかかわらず、血膿《ちうみ》の臭気が漂う地獄の描写で有名になった事実とも関係するだろう。

実際、『往生要集』は、極楽ではなく、地獄の描写を巻頭に挙げ、

「うんこまみれ、おしっこまみれの地獄では、熱いうんこを食べなければならない」とか、

「その味は最も苦い」とか、

「金剛（ダイヤモンド）のようにかたいくちばしをもつ虫が、うんこまみれの地獄には満ち満ちている」とか、

「その虫が、うんこを食べる罪人の皮膚を食い破り、骨をぼろぼろにして、骨の髄を吸う」

などなど、これでもかこれでもかと五感に訴えかけることで、人々の恐怖心をあおり、

「こんな地獄に落ちるのはイヤだ。何がなんでも極楽往生したい」

という欲望をかき立てている。

これが、美しい極楽の描写を紹介し、

「はい。これが極楽の香り。いいにおいでしょう？　そして、これが極楽の鳥の声。いい音色でしょう？　さあ、イメージしましょう」

と言うだけでは、五感に訴える切実味がなく、一世を風靡するほどには当時の人たちにも受け入れられなかったに違いない。

食事中にトイレの話をするのを嫌う人は多いように、美談より陰惨な猟奇事件のほうが話題になりやすいように、私たちは、美しいものより醜悪なもののほうに、反応しやすいように思う。それは、そうした醜悪なもののほうが、暮らしの身近にあり、私たちの体の構成要素の多くを占めているからかもしれない。

私たちが、美人よりブスにリアリティを感じるのも、同じような理由からなんだろう。

ブスに脚光を浴びせることで、美しさで光るような主人公という、絵空事になりがちなキャラクターの物語を、強い現実感に満ちたものにした紫式部。彼女のそうした創作姿勢は、物語全体にみなぎっていて、空前のリアリティを実現するのである。

第2章

『源氏物語』のリアリティ

1――ブスでもない美女でもない女の魅力

リアルな人物設定

『源氏物語』には美男美女が多いが、身体描写的にいうと美女以上に目立つのは、ブスやデブ。そして、マッチョな男たちである。いわば等身大の姿をした人間たちなのだ。

実はブスが物語に登場するのは、『源氏物語』が初めてではない。記紀神話には〝甚凶醜《いとみにく》き〟(『古事記』上巻)イハナガヒメがいるし、『うつほ物語』には「ブスで高齢」な故左大臣の北の方がいる。

けれど、このブスたちには、『源氏物語』のブスと決定的に違う点がある。

それは、彼女たちが、いずれも男にうとまれ捨てられる、ということだ。

一方、『源氏物語』のブスたちは、捨てられない。

源氏が関係した女たちのうちで、二条院や二条東院、六条院などの屋敷に迎えられる女……紫《むらさき》の上《うえ》、明石《あかし》の君、花散里《はなちるさと》、末摘花《すえつむはな》、空蟬《うつせみ》、女三《おんなさん》の宮《みや》……の六人のうち、なんと三人までがブスで占められている。つまり半分はブスなのである。しかも『源氏物語』以前のブスたちと違って、皆、主人公の源氏と添い遂げている。空蝉にいたっては、一回関係しただけで、源氏の妻になったわけでもないのに、彼の屋敷（二条東院）に引き取られている。彼女の場合、夫を亡くして継子に懸想され出家した後に、源氏に迎えられたわけで、それほどまでに深い執着と厚遇を受けているのである。

これは、すごい。

ブスと美男。

この組みあわせは一見、奇抜なようだが、しかし実は、我々が生きる現実には、絵に描いたような美男美女のカップルばかりではない。美女とブ男寄りの男もいれば、ブス寄りの女と美男もいるものだ。

この意味で、「美しい源氏の妻や恋人に、ブスが交じっている」という『源氏物語』の設定は、かえって「写実的」とさえ言える。

だが。

世の中、なにもブスと美人ばかりではない。実際は、そのどちらともつかない容姿の人が大半だ。目がきれいとか鼻がイマイチという「一点美女」や「一点ブス」、あるいは取り立てて特徴のない人がこの世にはひしめいている。

そして、現実が面白いのは、もてる女＝美人と相場が決まっていたおとぎ話の世界と違って、そういうブス以外、美人以外の人たちの中に、妙にもてる人がいたりすることなのである。

というわけで、『源氏物語』がさらにリアルなのは、こうした、

「ブスでもない、すごい美女でもない、だけど、なぜだか男好きする」

という設定の女を登場させたことだ。

『源氏物語』以前の物語には見られない、この微妙な設定の女こそ、若き日の源氏が、毎夜、通わずにいられないほど夢中になった夕顔《ゆうがお》である。

ブスでもない美女でもない女の登場

ブスか美女かの二パターンしかなかったような、『源氏物語』以前の古典文学の女たちに対し、夕顔の設定は、「ブス、気働きがない、貧乏」という三重苦を背負いながら、源氏の妻となった末摘花に匹敵するほど空前だ。

『源氏物語』によると、夕顔は、

「どこといって取り立てて優れたところもないけれど」(〝そこと取り立ててすぐれたることもなけれど〟)(「夕顔」巻)

という女である。

それだけなら、何のストーリー性もなく、目立たぬ端役として物語の隅に埋もれてしまうはずなのだが、夕顔は主人公をとろかすことで、物語の最前線に躍り出る。この設定が空前であり、

リアルなのだ。

けれど、それを「物語」で語るのは、難しい。

「とくべつ優れたところがある人」に男が惹かれるというのは分かりやすいし、末摘花のようなブスでも捨てるに忍びないという図式も、極端なだけに、かえって主人公の人柄を物語っていて、受け入れやすいのだが。ブスではないものの、「とくべつ優れたところがない」という、曖昧な設定の女の場合、なるほど、この人なら……と読者を納得させる説得力が必要である。

それを紫式部は見事にやってのける。

様ざまな舞台装置

まず、源氏が夕顔と出会う「タイミング」がいい。

二人が出会ったのは、彼が性欲マックスと思しき十七歳の時だ。しかも六条《ろくじょうの》御息所《みやすどころ》や葵《あおい》の上《うえ》という「とくべつ優れた」女性たちに苦しめられていた頃のことである。

葵の上は、源氏が十二歳の時、結婚した、四歳年上の正妻だ。父は左大臣、母は内親王（桐壺《きりつぼ》帝の姉妹）という最高の血筋のうえ、美形。ところが、そんな葵の上を、源氏は、

「絵に描いた物語の姫君みたいだな」（「若紫」巻）

と思って、気に入らない。

のちに源氏は葵の上のことを、
「あまりに乱れたところがなく、きまじめすぎて、少し賢すぎたとでもいうべきか、心に思うには頼もしく、逢うには面倒なお人柄でした」（「若菜下」巻）
と、紫の上に語っている。
一方の六条御息所も故大臣のお嬢様であり、前東宮（前坊）に入内して死別した、葵の上に劣らぬ貴婦人だ。しかも優れた文化人であり、莫大な資産の持ち主だ。親や夫を亡くしても、資産を守り、運営していく手腕や人望も備わっている。
そんな彼女を源氏はやっとのことで口説き落としたのだが、思い通りにしたあとは、足が遠のく一方なので、御息所は、「私が年上だからなの？」とか（御息所は源氏の七歳、計算によっては十六歳年上）、「こんなハンパな状態では、世間体が悪いわ」などと思い悩む。源氏はといえば、彼女の身分柄、結婚するなら正妻に近い扱いをせねばならず、そういう気持ちにはなれない。のちに紫の上を相手に、源氏は御息所のことをこう語ったものだ。
「彼女はとくべつに思慮深く、優美な女性の例としては真っ先に思い出されるが、逢うのが気づまりで苦しい感じだった。恨まれても当然のことをしてしまったとはいえ、そのままいつまでも思いつめて、深く恨まれたのは、本当に苦しかったよ。心が安まることなく気後れして、私も相手もくつろいで朝夕の睦みをかわすには、とても気が引けるところがあった」（「若菜下」巻）
と（その後、源氏は御息所の死霊に「死んでまでそんな悪口を言うとは」と恨まれ、紫の上を危篤状態にされてしまうわけであるが）。

そんな二人の年上女性に、心は癒されるどころか、疲れ、渇く一方……。

そんな時である。夕顔の花咲くむさくるしい小家で、夕顔を見いだしたのは。

だが。

いくら「優れた女」に嫌気が差していても、粗末な小家の女に、源氏ともあろう男が、毎夜通ってしまうという設定には、無理がないか。

そんな疑問をも、紫式部はある伏線を張って、解消する。

源氏は以前、男どうしの雑談で、

「〝中の品《しな》〟の女（中流女性）はいいぜー」

と吹きこまれていた。これが刺激となって、十七歳の源氏は恋の旅人となる。具体的には、〝中の品〟の空蟬と出会うことで、憧れの藤壺《ふじつぼ》や、妻である葵の上など上《かみ》の品の女（上流女性）以外の女に目覚めてしまったのだった。で、味をしめた源氏は、

「中の品の女もいいもんだな」

と思うようになる。

「小家の女」という〝下《しも》の品〟らしき女にそそられる必然性がここにある（実は夕顔は亡き中将の娘で、下流ではなかったことが、彼女の死後、明らかになるのだが）。

折りしも〝中の品〟の空蟬が、夫の赴任に伴って遠くへ行くことになっていた。「もう会えな

いかも」という思いが切なく心につき上げて、新たな出会いを求める気持ちが強まっていく。

そんなところへ、乳母の見舞いのついでに見た、白い夕顔の花咲く小家。その夕顔の花を、乳母子の惟光《これみつ》にとらせるように命じると、その小家から可愛らしい女童《めのわらわ》（女の子。召使の少女）が出てきて、「これに置いたらいかが」と白い扇をくれる。その扇には、

「当て推量で、その方とお見受けします。白露がいっそう輝きを増している、夕顔の花のように美しいあなたは」（〝心あてにそれかとぞ見る白露の光そへたる夕顔の花〟）（「夕顔」巻）

という思わせぶりな歌が書いてあったのだから、何か起きないほうがどうかしている。

読者はいつのまにか、そんな気持ちにさせられているのである。

しかもこの小家の主《ぬし》たる夕顔は、源氏の親友でありライバルでもある頭中将《とうのちゆうじよう》が、例の男どうしの雑談で〝しれ者〟（愚か者）として語った、彼の妻の一人だった（〝しれ者〟は頭中将自身をさすという説もある）。

彼女はかつて頭中将の妻として、女の子（玉鬘《たまかずら》）まで生んでいたのだが、正妻の圧力におびえ、姿をくらましていたのだ。彼女がおとなしいのをいいことに、頭中将が、いつものようにご無沙汰していた間のことであった。

この話が強く印象に残っていた源氏は、夕顔と関係する前から、

「もしや、頭中将が忘れられないと言っていた女では？」

と直感していた。つまり親友の妻だと薄々気づいていたのである。

しかるに源氏は、「抑圧のエロス」（↓1-2）でも触れたように、「面倒な事情のある女ほど燃える」という男だ。そんな女を黙って見すごすわけはない。

夕顔の魅力

夕顔は、葵の上や六条御息所といった「優れた女」と違って、「取り立てて優れたところのない女」だった。にもかかわらず、「今別れてきた朝のうちも、今夜会うまでの昼の時間も待ちきれないほど」源氏を夢中にさせる。

「取り立てて優れたところのない女」の、どこに、そんな魅力があったのか。

夕顔は、謎と意外性のかたまりのような女だった。

夕顔は粗末な小家にそぐわぬ可愛い女だった。

彼女には自分の周りの様子など、てんで分かっていないような、不思議な品の良さがあった。

自分から歌を贈るような積極的なところがあるかと思えば、「どんなに見苦しいことであっても、ひたすら男の言いなりになる」従順さがある。

源氏は、相手の女を〝下の品〟と決めつけて侮っていることもあって、装束もやつし、顔もちらりとも見せずに、夜深い時間帯、人が寝静まるのを待って出入りしていた。

こうした異常なことでも受け入れるところが、源氏にしてみれば〝いとあはれげなる人〟(実に可愛らしい人)に思えたのだ。(「夕顔」巻)

源氏から見た夕顔の様子は、こんなぐあいである。

「華やかならぬ容姿がとても可憐で、華奢な感じで、そこと取り立てて優れたところはないが、ほっそり、なよなよとして、ちょっとものを言う様子も、ああいじらしい、とただただ可愛らしく見える」

派手な美しさはないが、男の保護欲をくすぐるような、男好きする魅力があったのだ。そして、「女の気配は、びっくりするほど柔らかで、おっとりしていて、深みや重々しさには欠けていて、ひたすら若々しいものの、男を知らないわけでもない」

不思議に男馴れしている。

なのに、源氏が、

「来世もまた夫婦になろう」

などと言うと、本気にして打ち解けてくる様子は、男ずれしたようにはとても思えない。

それでいながら、源氏が、

「こうして顔を見せるのも、露に濡れた夕顔の花がきっかけだったよね(〝夕露に紐とく花は玉ぼこのたよりに見えしえにこそありけれ〟）。どう？　露の光は」

と自信たっぷりに、初めて顔を見せると、

「輝くように見えた、夕顔の上露は、たそがれどきの見間違いでした」（〝光ありと見し夕顔の上《うは》露《つゆ》はたそかれ時の空目《そらめ》なりけり〟）

などと、洒落た歌を詠んでくる。

それほどでもないじゃん、というわけだ。

すれているかと思えば無垢、無垢かと思えば、恋を知り尽くした女のよう……ここかと思えばまたあちら、というとらえどころのなさ。そんな夕顔は、お堅くてプライドの高い「優れた女」に疲れた源氏の心のスキ間にすうっとしみとおっていき、

「あなたをもっと知り尽くしたい」

と、彼を夢中にさせるのだった。

紫式部はなぜ、夕顔を抜擢したか

現代の現実にも、とくに美人でもないのに、肌がすごくきれいとか、うなじが妙に色っぽいとか、それくらい（それだけあれば十分か）しかなさそうな子が、なんでこんなにもてしまうの？という例はある。

源氏と夕顔の関係には、同性の嫉妬を誘う、そんな理不尽な感じがある。

高貴な藤壺や美女の紫の上と違って、自分たちに近いだけに、近親憎悪的な感情を、めらめらと呼びさますタイプなのだ。

紫式部は、こんな、言ってみれば、一見平凡な女を、なぜ源氏の恋人に起用したのだろう。

と考えた時、『源氏物語』の成立から約半世紀後に書かれた『更級日記《さらしな》』の一節が心に浮かぶ。

「私は今は不細工だけれど、年頃になれば、容姿もこの上もなくきれいになって、髪もすごく長くなるだろう。源氏の夕顔や、宇治の大将（薫《かおる》）の浮舟《うきふね》の女君のように、きっとなるだろう」

作者は、そんなふうに、物語に熱中した少女時代を振り返り、

「今から思うと、浅はかであきれてしまう」

と言っているのだが。平凡な受領階級の娘だった作者が自己投影した女君が、藤壺や紫の上や明石の君ではなく、夕顔と浮舟だったというのが興味深い。夢見る中にも、子供なりの現実感というのがあって、その尺度にこの二人がかなっていた。あの二人なら自分にもなれるかも……と思えたのだ。

つまり夕顔や浮舟という女は、中流貴族の婦女子という、当時の一般的な読者が、感情移入できるランクの女だった。だから、時には嫉妬もされるのだが、目標にされることもある。どっちにしても、異性だけでなく、同性の心を強く波立たせる存在には違いない。

時代は「等身大」を待っていた

思うに平安中期というのは、もう、大きな夢が見られない時代だったのだろう。

「絶世の美女が王子様に愛されて幸せになりましたとさ」

などという、現実とあまりにかけ離れた設定の物語を楽しめるほど、当時の人は能天気な日常を過ごしていられなくなっていた。

こうした時代背景についてはあとでも触れるが、とにかく当時の人々が待ち望んでいたのは、大きな夢ではなくて、手の届きそうな夢だった。できれば、読者自身が、主人公になり代われるくらいの設定が、望まれていた。

要するに、「等身大の人物」が、待たれていたのである。

そんな時代の雰囲気を鋭くキャッチした紫式部が生み出したのが、夕顔という女だったように思う。

2 等身大の男たち

寝取られてしまう男・頭中将

ひょっとして、これは自分では？　自分もこんなふうになるのでは？　そんなふうに読者が感情移入したり、あるいは身につまされるような、等身大の人物が、夕顔以外にも、『源氏物語』にはたくさん登場する。

とくに男たちには多い気がする。

たとえば、源氏の親友にして、いとこにして、妻・葵の上の兄弟の頭中将。

彼は、内裏の宿直《とのい》のつれづれで、男が数人集まって、女談義に花が咲いた時、昔つきあった女のことを口にする（いわゆる「雨夜の品定め」である。ここで源氏は中流の女を勧められる）。

それも、

「〝しれ者〟（愚か者）の話をしましょうか」（「帚木」巻）

と切り出して……。この〝しれ者〟は頭中将自身という説もあるものの、文脈からして女と見ていいだろう。その愚かな女が、のちに登場する夕顔というわけなのだ。

彼によると、この女（夕顔）は、

「親もなく、生活も不如意で、一途に自分を頼っているような感じだった」

しかも、たまにしか来ない頭中将を恨むわけでもなく、

「朝に夕に、妻らしく振る舞おうとつとめていた」

ところが頭中将は、そんなけなげな女の態度にかえって安心しきって、しばらく放置していたところ、姿を消されてしまう。それが自分の正妻のいやがらせゆえと知るのは後日のこと。正妻に脅された妻の一人（夕顔）が、家を引っ越した形である。頭中将は言う。

「〝あはれと思ひしほどに〟（こっちがいとしく思っている時に）、うるさいくらいに慕ってつきまとう様子が見えれば、こんなに行方知れずにはさせなかったのに」

で、「愚かな女だ」というわけだ。

勝手な言い分である。とくに「こっちがいとしく思っている時に」という言い回しに、自己中心的な性格が透けて見える。そして、

「私はようやく忘れかけていますが、あの女は思い切ることができず、時どきは、誰のせいでもなく自分のせいで胸を焦がす夕《ゆう》べもあるのでは？　と思うのです」

と言うにいたっては、愚か者はあんたじゃない？　という感じ（まぁ実際、先にも触れたようにそういう説もあるわけだが）。

だから、であろう。

大貴族のお坊ちゃまという恵まれた境遇にあるわりに、彼は、もてない。

「琴だけを相手に暮らす零落美女」と勘違いして源氏と競った末摘花は、源氏がものにしてしまうし、姉妹の葵の上付きの女房の中務《なかつかさ》の君に思いを寄せても、相手にされない。『源氏物語』によると彼女は、

「頭中将が熱心に言い寄ってくるのには見向きもせず、源氏がほんのときたま見せてくれる情けに引かれて、離れられなくなってしまった」（「末摘花」巻）

たまに源氏のお手つき女を寝取ったと思えば、「スケベ婆さん」で有名な六十近い源典侍《げんのないしのすけ》。その彼女にさえ、

「つれない源氏の君に代わる慰め……と思ってつきあったけれど、やっぱり会いたいのは源氏の君だけ」（「紅葉賀」巻）

と思われてしまう。背も高いし家柄もいいのに、もてないのだ。

そんな頭中将が、唯一「ものにした」まともな女が夕顔だったというわけだが、せっかく手に入れた彼女をも、放置した結果、源氏に寝取られ、変死させられてしまう。

これ！　と思った女はみんな、源氏にとられてしまうのだ。

頭中将というのはどうも、もてない男特有のズボラさがあったようで、女を追っかけ回すものの、手に入れると大事にしない。それどころかダメにしてしまう。

夕顔のような、子（玉鬘）までなした女を、正妻から守りきれないとは、こんな男とセックスしたら、えらい目にあうといういい例である。

結局、女は妻一人で手一杯、複数の妻や愛人をもつ器量に欠けている。王朝の恋の物語では、好色な主役の引き立て役にしかなりえないキャラクターなのだ。

じゃあ彼が家庭向きの男で、いいお父さんかというと、これがそうでもない。彼の女扱いのまずさは、娘たちの処遇に関しても当てはまるのである。

父としても、またサイテー

彼には娘だけでも四人以上いるが、把握していたのは冷泉帝《れいぜい》に入内した弘徽殿女御《こきでんのにょうご》（母は弘徽殿大后の妹）と、のちに夕霧《ゆうぎり》の妻となる雲居雁《くもいのかり》（母は頭中将と離婚後、按察大納言《あぜち》と結婚）の二人だけだ。あちこちで惜しみなくタネをふりまいたはいいが、夕顔のケースのようにズボラなことをしているうちに、回収できなくなっていたのである。

ところが当時の政治のしくみは、娘を天皇家に入内させ、生まれた皇子を即位させて、その後見役として実権を握るというものだから、一族繁栄に娘は不可欠だった。そこをわきまえた源氏は、身分の低い明石の君が遠い明石で娘を生むと、都から乳母を派遣したあげく、娘を高貴な紫の上の養女として引き取り、みっちりお妃教育をして、政治の布石に役立てている。足りない分は、養女まで取って補っていた。

一方、タネを出しっぱなしの頭中将（当時は内大臣。以下、その時々の位で変化していく呼び名で記す）は、気づいてみると、政治のコマがない。正妻腹の弘徽殿女御は冷泉帝に入内していたが、外腹《ほかばら》（正妻以外の妻から生まれた子）の雲居雁は夕霧と恋仲になってしまったし、思い出すのはあの夕顔が生んだ玉鬘のこと（実は、彼女はすでに源氏の養女になっていたのだが、この時の彼はそれを知らない）。それで、息子たちに、

「もしも私の子だと名乗る者がいたら、聞き逃さないようにしてくれよ」（「螢」巻）

と頼む。要は、落胤《らくいん》、隠し子を見つけ出してくれというわけで、今の日本で政治家がそんなことをしたら、家庭争議どころか、大スキャンダルになるところだが。

それをスキャンダルと思うのは現代人の感覚で、内大臣（頭中将）の息子たちは、積極的に「異母姉妹」を探す。まだ見ぬ彼女が首尾よくお后にでもなれば、自分たちの栄華にもつながるからだ。で、探し出したのが、近江《おうみ》の君という娘なのだが。これが、とにかく貴婦人とはほど遠い。

「〝御大壺《おほみおほつぼ》とり〟にでもなんでもお仕えします」（「常夏」巻）

なんて早口で言うかと思えば、夕霧に惚れて、異母姉の弘徽殿女御の御前で、色めいた歌を詠みかける（「真木柱」巻）。

〝大壺〟とは大便器のこと。当時は、〝壺〟とか〝筥《はこ》〟とか言われる容器に用を足し、それを〝ひすまし〟と呼ばれる下級侍女が処理していた。そんな役目まで買って出ようというのだから、ど

う繕っても、お妃候補など無理なタマなのだ。それが、見た目は、

「容姿は親しみやすく愛らしい様子で、髪は端麗で、〝罪軽《かろ》げ〟（前世の罪が軽そうな美貌）」（「常夏」巻）

というのだから、惜しいではないか。

最初からちゃんと仕こんでいれば、どんな素晴らしい姫になったか知れないのに。頭中将というのは、妻も娘も有効活用のできない人。女を腐らせてしまう男なのだ。

あげく、近江の君を持て余した彼は、使用人として、正妻腹の娘の弘徽殿女御に押しつけてしまう。近江の君は、お育ちのいい異母姉や異母兄弟たちにバカにされる日々を送ることになる。

が、彼女も彼女で、望みがでかくて、女房階級では最高位の〝尚侍《ないしのかみ》〟になりたいなどと言い出す（のちに近江の君と同様、劣り腹の玉鬘はこの尚侍に任命される）。そのために、

「下働きの女房や童なども嫌がる雑事をも、気安くまめに走り回り、歩き回っては、懸命にこなし、『尚侍に私めをお引き立て下さい』と、姉の女御をせっついた」（「行幸」巻）

というのだから、図々しくもけなげである。

尚侍は内侍司《ないしのつかさ》の長官。内侍司とはふだん人前に出ないミカドとじかに対面して、外からのメッセージを取り次いだり、ミカドのお言葉を外に伝える。つまり「ミカドの代弁者」なわけで、非常に重要な機関だった。長官の尚侍は、平安中期頃から摂関家のお嬢様が多く任命され、ミカドの妃を兼ねるようになると、実務は次官の典侍《ないしのすけ》に移る。尚侍は、高貴な姫君の名誉職のようなも

ので、努力してなれるものじゃないのだ。ところが内大臣は、それを教えるどころか、

「なんでこの父に早く言ってくれないの」

「私が朝廷に申し上げたら、どんなことだって通るんだから。今からでも履歴書を立派に書き上げてごらん。長歌などの素養があるところをご覧になれば、ミカドもお見捨てになるまい」

と、もっともらしく嘘のハッパをかける始末。本気にした近江の君が、

「和歌ならなんとかできるかも。要点は父上から申し上げてくだされば、私も端から口出しして、おかげをこうむりましょう」

と手をすり合わせて感謝する。その姿を、

「むしゃくしゃする時は、近江の君を見ると、万事、気が紛れるな」

と、内大臣はあとで笑いものにするのだった。庶民の間で、地味でも楽しく暮らしていた近江の君を引っ張り出したあげく、処置に困ると、その人生をもてあそぶ内大臣は、親の風上にも置けない男と言える。

男っぽい男の「女々しさ」

頭中将はどうも、その場の感情につき動かされて、先の展望なしに行動する男のようで、それがうまく転ぶと、

「噂が立って、罪をかぶっても、かまうもんか」(「須磨」巻)

と、謹慎中の友を訪ねるという「美談」が成立する。

源氏が、継母の弘徽殿大后(頭中将にとっては正妻・四の君の姉であり、義姉に当たる)の謀略によって、須磨で謹慎していた時、男たちの多くが弘徽殿大后にはばかって、源氏と絶交したにもかかわらず、彼(当時は宰相)は果敢にも、須磨に源氏を訪ねた。友達思いのこの「男気」は、『源氏物語』には珍しいキャラクターとして、後世の評価は高く、中世にできた古典文学の評論集『無名草子《むみようぞうし》』などは、

「すごくいい人だ。とくに須磨へ源氏をお訪ねになった時のことは、返すがえすも素晴らしい」

と彼を絶賛する。

が、実は、この時だって、彼は、須磨行きを思いついて旅立ったはいいが、途中から、やっぱり世間の噂が気になりだして、翌朝には、急ぎ帰京しているのである。

結局、これも彼の思いつきがなせるわざだったのではないか。

ただ、こんな展望のない性格でも、恋愛下手ゆえに、恋の犠牲者は少ない。代わりに犠牲になるのが、近江の君のような子供たち、というわけだ。

彼は、外腹の娘・雲居雁のことも、手元に置かず、自分の母に押しつけていた。ところが彼女が、源氏の息子の夕霧と相思相愛の仲と知ると、娘の教育を放棄していた自分のことは棚に上げ、母上の監督が不行き届きだから……と、母を責める。

そして、政治のコマほしさ半分、娘の異性交遊を「知らなかった」腹立たしさ半分で、雲居雁を引き取って、若い二人の仲を引き裂く。

といっても展望がないもんだから、彼女を入内させることもできず、家で腐らせてしまうのは、近江の君の時と同じ。そのうち夕霧に縁談が持ち上がると、

「あいつが熱心な時に、うんと言っていれば……」（「梅枝」巻）

と人知れず思い嘆いて、

「私の態度が強硬だからと、気持ちを変えたのだろう。だからといって今さら弱気になって、あちらの言いなりになるのも人の物笑いになろうし」

と娘の前で涙を浮かべてしまう。

彼は女々しい（これって差別用語だが、ほかにいい語が思いつかず……ちなみに『源氏物語』にもこの語は出てきて、宇治十帖《うじじゆうじよう》の薫の形容に使われている）人でもあるのだった。一見、とても男っぽいのは、根が女々しいので、男らしくあろうと気を張っているせいなのだろう。そんな彼の本性を源氏は見抜いていて、幾多の障害を乗り越えて雲居雁の婿になった息子・夕霧に、アドバイスする。

「大臣（頭中将）にあまり気を許して、いい気になってはいけないよ。彼は一見おおらかで太っ腹な気性に見えるが、内心はそんなに〝男々《を》しからず〟（男らしくもないし）、一癖あって、つきあいにくいところのある人なんだから」（「藤裏葉」巻）

男性本位の思考の人の意外な女々しさと執念深さを、源氏（紫式部）は見抜いていたのだった。

律義者の権威主義

しかしそんな彼は、律義者だった。冠婚葬祭のタイミングははずさず、約束を守る男だった。けれどそれも源氏に言わせると、

〝ことごとしくおはする人〟（物ごとを大袈裟に考える人）（「若菜上」巻）

という彼の性格からきているという。親切一つするにしても、心からそうしたくてするというより、そうしなくてはいけないという規範意識に駆られて、やっているようなところがある、というのだ。

だから、ふだんは母など訪ねもしないで、子供を押しつけたあげく、その教育にケチをつけたりするくせに、父の法事とか母の五十歳の祝いとか、貴族社会で「しなくてはいけない」とされることは盛大にやって、親孝行したつもりになる。もちろん当の母親は、ありがたくもなんともなくて、

「内大臣（頭中将）のお心づかいも、並々ではないと世間の人は褒めているようだけれど、昔とは打ってかわったお仕打ちばかりが増えていくので、長生きするのも恨めしくて」（「少女」巻）

と孫の夕霧にもらしたりする。

要するに、彼は、形式主義なのだ。

法事とか誕生会を「する」ことばかりに気をとられ、その裏に潜む悲しみだとか喜びという「人の感情」に気を払わない。それで後年、

「皇女でなければ結婚しない」（〝皇女《みこ》たちならずは得じ〟）（「若菜上」巻）

と言う息子の柏木《かしわぎ》を、「皇女ならいいってもんじゃないぞ」と諭すどころか、

「息子が皇女と結婚すれば、どんなに私にとっても名誉なことで嬉しかろう」

と奔走した。しかし柏木の第一希望であった朱雀院《すざくいん》の女三の宮は源氏に降嫁してしまい、柏木は女二《おんなに》の宮《みや》（落葉《おちば》の宮《みや》）と結婚することになった。この女二の宮を、更衣腹の〝落葉〟と見下す柏木は、女御腹の女三の宮を諦めきれず、とうとう犯してしまうのだ。

かくて物語は悲劇へとつき進む。

女三の宮と柏木の関係は、宮の不注意から源氏の知るところとなり、柏木は、怖くて公の場に出られなくなる。まして源氏の屋敷には近づけなくなってしまうのだが。

そんなある日、朱雀院の五十歳の祝いの予行練習が、源氏の六条院で開催されることになる。こうした折には必ず参加していた柏木が、これに加わらぬのは非常に不自然なことであった。源氏側からも、

「いらして下さい」（「若菜下」巻）

と連絡がある。柏木は重く病み患っている由を申し上げて行かなかった。それに対して、源氏が

見舞いの手紙を寄越した時、当時は大臣も辞し、致仕《ちじ》の大臣《おとど》となっていた頭中将が注意するのだ。

「大した病気じゃないんだから、我慢して行きなさい」

と。

父に似て律義な柏木は、父の言葉には背けまいと、重い足どりで源氏邸へ赴く。柏木は、女三の宮との関係を、

「さほどの重い罪ではない」

と考えてはいたが、源氏ににらまれることはとても恐ろしく気が引けていた。それで近づきたくはなかったのだが、案の定、源氏にイヤミを言われ、絶望のあまり衰弱し、とうとう死んでしまうのだった。

もしも致仕の大臣(頭中将)に、「ふだん真面目な息子がどうしてこんなに嫌がるんだろう」とか、「儀式なんかより気持ちが大切だ」という心があれば、息子の柏木をこんなに早く死なせることはなかったかもしれない。

それもこれも、彼らが親子して、

「とにかく皇女がいい、それも少しでも血筋のいい皇女が」

とばかり考えて、相手の人柄や気持ちを二の次にしていたからではないか。儀式を重んじる形式主義の人は、血筋を重んじる権威主義の人でもあったのだ。

そんな致仕の大臣（頭中将）が、柏木の死後、甥であり、息子の親友であり、娘婿でもある夕霧に、こう言って泣く。

「彼はふつつか者ながらも、朝廷もお見捨てにならず、ようやく一人前になって、官位が昇るにつれて頼みにする人々もしぜんと増えてくるなどして、その死を驚き惜しむ人も関係に応じて少なくないようです」（「柏木」巻）

「でも私がこんなに深く嘆いているのは」

と彼は続ける。

「そういう世間一般の人望や官位を思ってのことではないんです。ただ、〝ことなることなかりしみづからのありさま〟（人と変わるところのない、ありのままの息子の人柄）だけが、たえられないほど恋しいのです」と。

名声や官位があった息子が恋しいのではない、と、わざわざ断る彼の言葉には、かえって強い権威主義が感じられもする。

けれどそれだけに、その悲しみには真実味があって、彼を一途にサイテーな父とは言えないあわれさが、にじんでいる。どんな親でも彼のようになり得るという共感と、彼のようにさえなれないかもという反省を、呼び覚ますリアリティが感じられるのだ。

要するに彼は等身大。凡人なのである、源氏と比べると。

妻は一人で手一杯。大勢の女と関係したのは、彼がそれを「できる立場」にあったからに過ぎず、それを「すべき器」ではなかった。しかも子供たちとは断絶していて、でも、娘に恋人ができると、むやみに反対したり、息子の良縁を自分の誉れと思ったりする。そして律義で仕事熱心で……。

なんか高度成長時代のお父さんを彷彿とさせて、平安時代も、こういう男が、貴族の発展を支えていたんだろう、と思わせてくれる。

無神経な男・夕霧

源氏の息子の夕霧も頭中将タイプである。

彼は、源氏の教育方針で、大学で勉強させられる。

これは、大貴族としては異例のことだ。というのも、当時の大学というのは、学問でしか出世が期待できない身分の低い貴族の学ぶところだった。勉強しなくても、出世が約束されている大貴族や皇族の学ぶところではなかったのである。

しかし、

「しかるべき後ろ盾にも死に別れ、どんな世の中になっても、人にバカにされ侮られぬように」

(「少女」巻)

という源氏の意向で、わざわざ苦しい勉強をさせられることになるのだった(ただし夕霧は大学寮に寄宿せず、源氏に引き取られ、二条東院に勉強部屋をもうけ、そこに先生が来て学ぶ形である)。

夕霧は、勉強した。一生懸命勉強し、トップクラスの学生となった。そして、オジで、雲居雁の父でもある内大臣（頭中将）の妨害なども乗り越え、初恋の人・雲居雁と結婚。子供もたくさんでき、学問のおかげで、政治の実務でも辣腕を振るう。もちろん家柄の良さもあって、とんとん拍子に出世。順風満帆の人生を歩んでいた。

ところが、三十歳を目前にして、よりによって亡き親友・柏木の妻だった落葉の宮に恋してしまう(夕霧は亡き柏木に後事を託されていた)。十八歳で結婚して以来、初めての本格的な恋であった。

亡き親友の妻との恋。しかも相手は皇女様……シチュエーションだけ考えると、すごくロマンチックな恋の始まりを予感させるのだが。これが夕霧の手にかかると、いともトンマな勘違い男の物語になってしまう。この夕霧という男、青春時代にガリ勉させられていたせいか、源氏の子であるにもかかわらず、女の扱いがまるでなっていないのだ。

彼は、落葉の宮を訪ねた折、夕方になって、宮があからさまに帰ってほしそうにしているにもかかわらず、

「帰る気がしない」

「帰り道も霧で見えなくなっている」

などと粘り、いきなり宮の部屋に入ってしまう。この時までは夕霧は部屋の外にいて、女房を介して、部屋の中にいる宮と会話をしていたのだが、伝言役の女房が、夕霧の言葉を伝えに部屋に入るのにくっついて、侵入してしまったのである。夕暮れどきで、中が暗いのを利用したのだった。しかし宮は本気でイヤだから、さらに襖の奥へと逃げてしまう。すると夕霧は、「これは心外」と襖ごしに訴える。

「まったく情けない、大人気《おとなげ》ないなさり方ですね。恋心を胸にしまっておけなかった私にも罪はありますが、これ以上のことは、絶対、お許しがなければ、いたしません」

すでに何の許しもないのに女の嫌がることをしながら、「お許しがなければ、いたしませんから」(「夕霧」巻)とは。そして、なおも襖を必死で押さえて夕霧の侵入を拒む宮に、追い討ちをかける。

「これほど深い私の気持ちを分かって下さらないなんて、かえってあなたのお心は浅薄ですよ。こんな、世間知らずなほど、愚かで安心な男は、ほかにいませんよ。私みたいな男のことは、身分の低い女などは〝痴者《しれもの》〟(バカな奴)だと笑って冷たくしたりするものですが」

私の良さを、あなたほどの人が分からないとは……というのだ。これだけでも絶句モノの暴言なのに、さらに彼は、ひたすら黙って彼の言葉を聞く宮に、こんな一言をかます。

「あなただって、男をまったく知らないわけでもないでしょうが」(〝世の中をむげに思し知らぬにしもあらじを〟)

あー言っちゃった。

「あんたも処女じゃあるまいに」なんて、今どき、どんなひどい男でも言わないセリフを、政府の高官で良識もある、絵に描いたような貴公子の姿をしたこの男は、言ってしまったのである。

もちろん宮は、その、あまりに無神経な言葉に、〝死ぬべく〟（死ぬほど）ショックを受ける。そして守り続けていた沈黙を破る。

「私の不幸は、前世の罪のせいだと自分で分かっています。でも、だからといって、どうしてあなたから、こんな仕打ちを受けなくてはいけないの？」

そう言って、ついに泣いてしまう。そして、涙の中でも歌を詠む。

「私だけが、男女の仲を知っているからといって、さらにまた、あなたとのことで濡れ衣をかぶり、評判を落とさなきゃいけないの？」（〝われのみやうき世を知れるためしにて濡れそふ袖の名をくたすべき〟）と。

一生、独身を貫く皇女が多い中、私は柏木と結婚した。そして夫と死に別れた。そういう私の不幸はしかたないとしても、だからって、なぜ、一回、結婚したことがあるというくらいで、あなたに迫られなきゃいけないの？　部屋の中まで入ってくるなんて、あなたと何かあったのでは？　と人に思われたらどうするの。そんな濡れ衣で、評判を落とすのはまっぴらよ、というわけだ。

が、夕霧は、

「たしかにひどいことを言ってしまった」

と苦笑いしたあげく、

「だいたい、私があなたに濡れ衣を着せなくたって、すでに落ちたあなたの評判は消せるもんじゃなし。いいかげんその気になってくれよ」（〝おほかたはわれ濡れ衣をきせずともくちにし袖の名やはかくるる〟）

と返歌を詠みながら、

「ただもう、その気になりなさいよ」（〝ひたぶるに思しなりねかし〟）

と言って、襖をこじ開けたのか、宮を明るい月のほうへと引き寄せる。

けれど、あまりに宮が抵抗したため、結局、その夜は何もできずじまい。

やがて夕霧と娘がデキていると勘違いして、夕霧の対応に絶望した宮の母が急死。宮を守る最後のトリデもいなくなると、夕霧はその後も、宮の屋敷に居座るなど、強硬に迫り続け、宮の親戚や召使を手なずけた末、宮が内側から鍵をかけて立てこもる〝塗籠《ぬりごめ》〟の中に侵入。嫌がる宮に、

「どれほどの評判が、あなたにあるというの。もういいかげん諦めなさいよ。思い通りにならない時は身投げする例もあると聞きますが、ただ私の気持ちを〝深き淵〟になぞらえて、身投げするつもりになりなさい」

などと、めちゃくちゃな迫り方をする。

〝塗籠〟というのは、ウォークインクローゼット状の物置き部屋で、『源氏物語』では男女の性愛シーンにしばしば登場するのだが。ここで一夜を過ごした夕霧は明け方頃、宮をとうとう犯し

てしまうのだった。

恋の無能者の系譜

夕霧は、父の源氏と違って、女の気持ちがみじんも分からぬ男のようだ。自分が力をこめて口説けば口説くほど、女が引いていくのが、つかめていない。

女に対する、そんな彼の無神経さは、ガリ勉のしすぎで恋の体験が少なすぎたゆえ、というよりは、天性のものという気さえする。

つまり、彼には「恋の才能」というものが、ないのではないか。

夕霧の母・葵の上は、頭中将の姉妹だ。彼にとって頭中将は、母方のオジにあたる。どうも彼には、父の源氏より、このオジの血筋が色濃く出てしまったようだ。しかも母の死後、夕霧はそのまま亡き母の実家・左大臣邸で十二歳になるまで育っている。父の源氏とは幼少期は別居していたわけで、父よりオジの頭中将に親しんでいたという事情もある。

こんなぐあいなので、色恋はダメだけれど、政治家としては有能だ。根は悪い男ではないのだろう、最初、あれほど嫌われた落葉の宮とも結婚し、ちゃんと添い遂げている。

「雲居雁と落葉の宮と、一日おきに月の十五日ずつ、几帳面にお通いになる」（「匂宮」巻）

という彼のやり方は、いかにも律義で、恋のつけ入るスキのない色気のないやり方ではあるけれど……。

比べられる男・朱雀院

以上二人に比べると、朱雀院は、さすがに源氏の異母兄であり、ミカドだけあって、これほど無粋な恋のエピソードは、ない。姿も物腰も考え方も優美でなよなよとして、

「女として拝見してみたい感じ」（「絵合」巻）

と源氏に評される女性的な美質をもつ彼は、人に面と向かって暴言を吐くような無神経さなども、ない。

が、彼もやっぱり、女には、あまりもてるほうではない。というより、「これは」と思った女はことごとく弟の源氏にとられてしまう。

まず東宮時代。亡き左大臣はまたとなく可愛がっていた一人娘の葵の上を、東宮ではなく、弟の源氏の正妻にしてしまう。東宮側からも打診があったのに、左大臣は源氏に差し上げようという気持ちがあって、桐壺帝に相談した。すると桐壺帝は、

「源氏の元服の後見役もないようだから、添い寝役にでも」

と促したため、そういうことになったのである。東宮や皇子の元服の際、公卿の娘を添い臥しさせることがあって、その添い臥しにということで、つまりは源氏の妻にしたら……と勧めたので

ある。

これは東宮であった朱雀院にとっても、またその母・弘徽殿や、祖父・右大臣にとっても、屈辱的なことだったろう。

そもそも彼は、源氏が生まれてこのかた、三歳年下のこの異母弟に、あらゆる面で比較され続けてきた。しかも、この弟というのが、

「こんな人も、この世には生まれ出てくるものなのか」（〝かかる人も世に出でおはするものなりけり〟）（「桐壺」巻）

と、きれいなものを見馴れた貴族も呆然と目を驚かせる美貌と魅力の持ち主だから、比べられるほうはたまらない。一時は、父の桐壺帝までが、

「第一皇子（朱雀院）を飛び越えて、この若宮（源氏）を東宮に立てたい」

と、本気で考えたほど。けれど源氏の母が早死にし、外戚の後見者がいないうえ、第一皇子の母・弘徽殿が権門の家柄だったため、彼を東宮に立てたのだ。でも父が本当に可愛いのは源氏だから、連れ歩くのは源氏だけ。葵の上が源氏の妻になったのも、強い後ろ盾をつけてやりたいという父心からだ。

ところが源氏は、そうまでして父が選んでくれた葵の上を気に入らない。そればかりか、父の愛妃の藤壺を、

「できることなら、あんな人と結婚したい」

と一途に思い、思うだけでなく、犯してしまう。

しかも、藤壺と思う存分会えないつらさに女遍歴を始めたあげく、東宮時代の兄のお妃候補だった朧月夜《おぼろづきよ》をもそれと知らずに寝取り、兄が即位して、尚侍として入内した朧月夜を寵愛するようになってからも、彼女と密会を続けてしまうのだ。

妻の浮気を黙認する男

朧月夜と源氏のなれそめは、宮中で催された「花の宴」がお開きになったあとのこと。花とは桜で、つまりお花見の会が終わったあと、源氏は、酒に浮かれて、恋しい藤壺の局に接近する。けれど、用心深い藤壺の局は堅く閉ざされていた。いつもならここで引き下がる源氏も、この日は酔いのせいか、気が収まらない。隣の弘徽殿の局を覗くと、なんと戸口が一つ開いている。弘徽殿といえば、兄・東宮(朱雀院)の母で、源氏にとっては、彼を目のカタキにしている継母である。が、源氏は、

「こんなふうにして男女の過ちは起きるんだよね」

とのんきなことを思いながら侵入してしまう。すると、どうだ。向こうから、彼が来るのにあわせたように、

〝朧月夜に似るものぞなき〟(「花宴」巻)

と歌いながら、若い女がやって来るではないか。しかもその声は、通りいっぺんの女房風情のものとは思えぬ、若く美しい声である。

この女こそ、朧月夜だった。かくて二人は一夜を過ごしてしまうのだが。

実は彼女は、弘徽殿の末の妹で、一月後には東宮（朱雀院）への入内が予定されていた。朱雀院は、またしても「お妃候補」をとられてしまったわけである。

しかし、そこは、性のモラルがゆるやかな平安時代のこと。

弘徽殿は、なおも強硬に朧月夜を息子の妃にしようとするのだが、肝心の朧月夜は、源氏にばかり心を寄せている。

そのうえ父の右大臣までが、

「いいじゃないか。あちらの正妻の葵の上も亡くなられたのだし。源氏と結婚するのも悪くはあるまい」（「葵」巻）

みたいなことを言い出す。弘徽殿はほとんど意地になって、

「宮仕えだって、立派になさりさえすれば、何が悪いことがあるもんですか」

と、強引に妹を入内させるのだった。

が。

なにぶん、本人の意に沿わぬ入内である。源氏のほうも、

〝例の御癖〟（許されない関係に燃えるいつもの癖）（「賢木」巻）

で、彼女が入内した今になって気持ちが高まっていた。

そんな二人が意気投合しないわけがない。で、入内後も、何かにつけて、二人は密会を続ける。

しかも、そのことを、朧月夜の夫の朱雀帝は、知っていた。

知っていたけれど、

「『今始まったことならともかく、以前からつきあっていたわけだし、そんなふうに心を通わせても、似合いの二人なんだから』と、強いて思うようにして黙認していた」

だが。

夫は許しても、姉の弘徽殿は、許さなかった。

二人の浮気は弘徽殿の知るところとなり、怒り心頭に発した弘徽殿は、源氏を政治的に孤立させ、須磨での謹慎に追いこむ。

ところが朧月夜と源氏もしつこくて、源氏の須磨謹慎後も、二人はこっそりラブレターを交わしていた。そして、そうした彼女の思いにもまた、朱雀帝は気づいていたのだが、

「亡き父は、あれほど弟のことを頼んでいたのに、彼の須磨行きを阻止できなかった。私にはバチが当たるだろう」(「須磨」巻)

と、かえって朧月夜の前で、涙ぐんでしまうのだった。

等身大のミカド

朧月夜と源氏の仲に対する朱雀院の思いというのは、どうやら通常の男女関係の感覚でははかり知れないものがあるようだ。普通、愛する女が浮気したら、男は浮気相手に強い嫉妬と怒りを感じるのではないだろうか。少なくとも源氏は、正妻の女三の宮が柏木に寝取られた時、怒りを抑えることはできなかった。それで柏木にイヤミを言って衰弱死させ、女三の宮のことも出家に追いこんでしまった（この時点よりずっとあとの話ではあるが）。

ところが異母兄の朱雀帝は、朧月夜のことに関して、源氏を非難するような態度や言葉は、少しも見せない。彼はただ源氏の須磨行きを止められなかったことを申し訳なく思うだけで、源氏が須磨から帰京して歌を寄越すと、

「恨まないでほしい」（"宮柱めぐりあひける時しあれば別れし春のうらみのこすな"）（「明石」巻）

といった意味の返歌を贈っている。朧月夜の話題は、おくびにも出さないのだ。なんか、源氏と比べると、すごく度量の広い、立派な人という気がしてくる。

もちろん彼は、朧月夜のことも、あからさまには決して責めない。

朱雀帝の退位が近づいて、心細がる朧月夜を、彼はこんなふうに慰める。

「あなたの父・右大臣も亡くなってしまったし、大宮（弘徽殿大后）も長くはなさそうだ。そのうえ私も病気がちで余命いくばくもない感じがする。そう思うと、あなたがとてもかわいそうで」

（「澪標」巻）

続いて、こう言う。

「あなたは昔から、私を弟の源氏より軽く見ているが、私は一貫してあなたのことだけが、いとしく気にかかるんだ。（私が退位したあとは）念願かなってあの人と結婚できるねぇ。でも、あなたを思う気持ちだけは、あの人とは比べものにならないくらい強い。そう思うことさえ、あなたのためを考えると、つらいんだ」

私が弟みたいにステキじゃなくてすまないね。でも弟と結婚しても、私ほどには愛してはくれないよ。かわいそうに……というわけだ。

朧月夜を哀れんでいるのか、ひがんでいるのか、嫉妬しているのか。そのいずれもが当てはまるような、もって回った愛情表現ではないか。

朱雀帝は、涙さえ見せながら、さらに言う。

「なぜ子供だけでも生まないの？　残念だな。契り深いあの人とは、今すぐにでも子供ができるんじゃないか、そう思うのも口惜しい。でも、いくらあの人が優れた人でも、身分に限りがあるんだから、生まれた子供は臣下として育てなくてはならないだろうよ」

ここまでくるとイヤミである。ミカドという身分でしか、源氏に勝てない男の悲しさである。

ところが、この、負け犬のような態度が、かえって女の胸を打つ。

「源氏の君はたしかに素晴らしい方だけれど、これほどまでには思ってくれなかった」

朧月夜は、今までの朱雀帝の優しい態度と思い合わせて、考える。そして、

「若気のいたりとは言いながら、あんな騒ぎまで起こして、私の名誉はもちろん、あの方もあんなことになって」

と、源氏との関係を初めて反省する。とはいえ彼女は十二年後、源氏が女三の宮と結婚後、また懲りずに源氏と密会するのだけれど……。

それにしても。

朱雀帝の、この人間味といったら。愛妻に好き放題されて、それを怒ることもできず、離婚を切り出すこともできず。精一杯の抵抗は、「お前を一番愛しているのは俺だ。俺以外の男と一緒になっても幸せになれないぞ」と涙を流すことだけ。

ミカドとはいえ、彼も等身大なのだ。浮気する妻を御することすらできない凡人なのである。朧月夜に愛を誓ったその舌の根も乾かぬうちに、退位後、前斎宮《さきのさいぐう》（のちの秋好中宮《あきこのむちゆうぐう》）に、熱心に求婚しだすのも、凡人といえば凡人だろう。

結局、彼女も、源氏の手によって、冷泉帝に入内してしまい、手に入れることはできない。そしてこの時もまた彼は美しい弟を責めることなく、運命を受け入れるのだが。

朱雀院が、こうまで源氏に寛容な背景には、源氏への特別な感情も見逃せない。というのも彼は後年、娘の女三の宮の婿選びの際、候補者の名が出るたびに、いろいろと難癖をつけていた。

だが、源氏の話題が出ると、

「まことに少しでもまともな結婚をさせようと思う娘がいれば、どうせならあの人のそばに置いて触れさせたいものだ」（「若菜上」巻）

と身を乗り出して、

「私が女だったら、きょうだいであっても必ず言い寄って関係を結んでいただろう」（〝我、女ならば、同じはらからなりとも、必ず睦《むつ》び寄りなまし〟）

とまで言い及ぶ。そして、

「若い頃などはそう思った」

とつけ加え、

「男の私がこう思うのだから、まして女がだまされるのは無理もない」

と言いながら、心の中で朧月夜のことを思い出していた。

こうして彼は、愛娘・女三の宮の婿に異母弟の源氏を内定する。

翌年、宮は源氏のもとに降嫁。

時に源氏四十歳。女三の宮はまだ十四、五歳であった。

ところが……。

宮は源氏に愛されなかった。その時の院の動揺はかつてないもので、仏の修行も手につかぬほど取り乱してしまう。そして源氏の屋敷に乗りこんで、娘をその手で出家させる。優柔不断な彼には珍しいこの行動力は、彼が弟に一種の恋愛感情を抱いていたと考えると、腑に落ちる。

弟が好きだから女に強引になれなかった。妻との仲もとがめなかった。むしろ妻を通じて弟と愛し愛されるような感覚を楽しんでいた。

今度は娘を通じて弟と関わろうとしたのに、娘は愛されなかった。

そこで彼はまるで自分が愛されないかのように本気でうろたえた、というわけだ。朱雀院は、妻や娘の体を通じて、自分の人生を生きようとしていたのかもしれない。

等身大の男たち

頭中将、夕霧、朱雀院。いずれも「等身大の男」として紹介したこの三人は、しかし実は、『源氏物語』の中では、「源氏と比べ得る人物」つまり優れた源氏を語るさい、仮にも引き合いに出せるくらいの優秀な人たちとして描かれている。

その三人でこの体たらくだから、まして、空蟬の夫・伊予介《いよのすけ》や、明石の君の父・明石の入道、浮舟の継父・常陸介《ひたちのすけ》といった受領階級や、それ以下のちょい役の召使たちが、見た目をはじめ、性格まで、いかに欠点だらけの等身大な凡人として描かれているか、想像がつくだろう。

けれど、等身大ということは、一面、個性的でもあるということだ。それは、絵巻物の貴族たちがみんな同じような「引き目かぎ鼻」の、無表情な白いのっぺり顔をしているのに対し、武士や庶民が、日に焼けた顔色から、ヒゲの形、あごのかっこうから目鼻立ち、喜怒哀楽に富んだ表情まで、実に生き生きと描き分けられていることにも似ている気がする。

しかし実は、絵巻に描かれるのっぺり顔の貴族たちだって、武士や庶民に負けず劣らず、それぞれに個性があって、感情豊かで、等身大なのだ。

ということを、紫式部は宮仕えに出て確認したのだろう。そしてそのことを、『源氏物語』の男たちを通じて、表現しているように思う（なお『源氏物語』の男たちについては、その後、『源氏の男はみんなサイテー――親子小説としての源氏物語』（マガジンハウス→ちくま文庫）で詳しく考察した）。

3――〝光る源氏〟のコンプレックス

源氏のリアリティ

絵巻ではのっぺり顔の貴族たちも、『源氏物語』では、庶民に劣らず等身大である。

源氏の「引き立て役」とも言える、彼の身近な男たちの例をあげ、前項で私はそう書いた。

が、実は、そうした例を持ち出すまでもなく、主人公の源氏そのものの存在が、そもそもすごく等身大。リアルな設定なのである。

と言ったら、えっ？　と思うだろうか。

無理もない。きれいで優しく高貴で頭のいい男が、地位や財産まで手に入れる。彼はまさしくスーパーマンである。

けれど、当時の人にとって源氏というのは、ある意味で非常にリアルなキャラクターだった。

というのもまず、当時は女好みの男でなければ、政界のトップに立つことは難しかった。

「御顔色が悪く、毛深くて、ことのほか醜くていらっしゃる」（『栄花物語』巻第三）

と、赤染衛門《あかぞめえもん》の『栄花物語《えいがものがたり》』に描かれる藤原道兼《みちかね》は、「なにやら恐ろしいまでに厄介で〝さがなう〟（意地悪で）いらして」と性格も悪し様に書かれ、花山天皇を退位させることに役立ったのに思うような昇進ができない（のちに関白に就任するものの、わずか七日後に死んだので「七日関白」と呼ばれた）。

一方、「ご容姿も性格もとても優美で、ご気性は実に几帳面であられる」と称えられた藤原道隆《みちたか》は、女房たちにも人気者で、娘・定子が一条天皇に寵愛されたことから、宮廷に君臨した。

見た目も人柄も人並み以上とされる道長《みちなが》も、左大臣夫人の姑や一条天皇の母后である姉に可愛がられ、そのバックアップで、政治の実権を掌握する。

夫が妻の実家に通い、家土地も娘に相伝されることが多く、娘が政治の道具となっていた平安貴族の世界では、女の発言力はとても強かった。そのため、女に人気のない男は、長く人の上に立つことはできなかったのだ。

だから、絶世の美男でモテモテの源氏が、地位や名誉を勝ち取るという設定は、紫式部の生きた時代には、夢見がちな少女漫画とは違う、強いリアリティをもっていたと思われる。

なにより彼は、どんなに優れた男であっても、ただの人間という設定だ。

ここが、リアルである。

『源氏物語』以前の物語では、見た目は人でも、天人や動物の血が流れているため、人と違ったパワーをもっているという設定の主人公が主流だった。

「祖先は天から降りてきた神様」として天皇を神格化した『古事記』『日本書紀』をはじめ、『うつほ物語』や『竹取物語』が、それに当たる。そして、これらの主人公は、人とは違う超自然の力によって、人間界で栄華を実現したり、窮地を脱する。

けれど『源氏物語』は、そうしたファンタジーの道は、選ばない。

源氏は優れた人間ではあるが、超自然の世界からは何の手助けもしてもらえない。

現実に生きる我々と同じように、天災や事故や病気や死別の悲しみから決して逃れることのできない、か弱く無防備な人間という設定なのである。

源氏のコンプレックス

源氏の設定は実はとてもリアルであった。

しかし、設定がリアルだからといって、等身大であるとは言えない。

輝くような美貌の持ち主で貴公子で、人の女まで横取りするような男の、どこが等身大なのか、というと。

まず彼には、コンプレックスがあった。

「自分はちゃんとした学問をしていない」という負い目があった。

彼は、異母弟の螢宮《ほたるのみや》にこう語っている。

「私は小さい頃から学問好きでしたが、それを見た父院が、私には学問の才能が少しでもあると思われたのか、こうおっしゃるのです。『学識というのは世間で重んじられすぎているせいか、深く究めた人が長寿と幸運を兼ね備えることは実に難しいのだ。高い身分に生まれて、学問なんかしなくても人に劣るはずはないのだから、この道には深入りしないほうがいい』とおさとしになって、正式な学問以外の芸能を教えて下さったのです」（「絵合」巻）

そして、息子の夕霧が元服すると、夕霧の母方祖母の大宮に教育方針をこう語っている。

「私自身は宮中の奥深くで育ち、世間の有様も存じません。夜昼、ミカドの御前におりまして、わずかにちょっとした書物なども習いました。ただ、畏れ多いミカドの御手から伝えて頂いてさえ、なにごとも広い教養を持たないうちは、漢学の知識を学ぶにも、琴笛の調べにしても、音色もしっかりせず、いたらぬことも多うございました。つまらぬ親に、優秀な子ができるというのはめったにないことです。まして次々と世代が下るにつれ、隔たっていく未来がとても心配なので、息子の大学のことを決めたのです。高貴な家の子として官爵も思うままに、栄華の中で贅沢に馴れてしまうと、学問などで身を苦しめることは自分とは縁遠い気持ちになるようです。遊びや音楽を好んで、それでも思い通りの官位にのぼってしまうと、時世に従う世間の人は、内心では鼻で笑いながらも、追従してご機嫌を取っては、へつらうもので、そうされているうちはしぜんと一人前の気がして、立派なように見えますが、時世が変わり、頼みの人にも先立たれ、運が衰えた先には、人に軽んじられ侮られるようになる。その時、どこにも拠り所がないということになるのです。やはり学問を基礎にしてこそ、実務を処理する〝大和魂《やまとだましひ》〟を世の中で発揮できる可能性も高いでしょう。当面は心もとないようですが、最終的には世の重鎮となるべき心構えを学んでおけば、私がいなくなっても安心できると思いまして。今のところは、こうして私がパッとしないながらも世話をしているので、貧乏大学生などと笑ったりバカにする人もまさかいないだろうと存じます」（「少女」巻）

高貴な人は学問などしなくても出世していたため、当時の大学は身分の低い人たちが学ぶところであった。しかも上流貴族は、親の位階に応じて子の位階も初めから高く設定する「蔭位《おんい》」という制度が利用できた。ところが源氏は、夕霧の位を低く抑え、あえて大学で学ばせることにした。その動機を説明しているのだ。

当面は学問などしないでも出世できる夕霧に、どんな世の中になっても通用するようにスパルタ教育を施すという設定は、意外に不安定な当時の世情と、学問が重んじられる世になってほしいという紫式部自身の願望が反映されていよう。

この設定をリアルにするためにも、自身は存分に学問ができなかったことが、一種のコンプレックスとなって源氏の心に巣くっていたという構図が必要になってくるわけだ。

それはまた、どんな人間にも……源氏のような、銀のスプーンをくわえて生まれてきた男さえ……コンプレックスがある、ということで、物語にいっそうのリアリティをもたらす効果もある。

ちなみに〝大和魂〟という語は、『源氏物語』が文献上の初出と言われ、当時は、漢才（漢文の正式な学問）に対して、実務的な知恵や才覚を意味した。学問を基礎にしてこそ実用的な知恵も発揮されるという「和魂漢才」の精神である。

コンプレックスを発見する女たち

優れた源氏でさえコンプレックスがある。

主要人物のコンプレックスなど掘り下げられることのなかった『源氏物語』以前の物語と比べると、これだけですでにリアルな設定である。

高貴で美形の人もつらい。そうでない人たちもつらい。ほら、こんなに、とコンプレックスを見せていくことで、身分や美貌や育ちという皮一枚を、めくった生身のヒトの悲しさ痛みが、『源氏物語』では、浮き彫りにされていく。

というわけで、源氏の周囲には、コンプレックスに悩む女たちが多い。

「見た目」関係では、空蟬、花散里（ただし不細工な末摘花が自分の醜貌を気にしていたという記述はない）。「身分」関係では空蟬や明石の君、「住居コンプレックス」の夕顔、「年齢コンプレックス」の六条御息所、「田舎者コンプレックス」の玉鬘（彼女は、実父・内大臣が琴の達人と知ると、琴を習いたく思うが、〝さる田舎《ゐなか》の隈《くま》〟で京人と名乗る王族老女に教わっただけなので、気が引けて手も触れなかったりしていた）……。しかも彼女たちに、自分にこういうコンプレックスがあると気づかせるのは、源氏なのである。

受領の後妻の空蟬は、源氏に迫られた時、彼の姿が、

「本当に類いない美しさであるにつけても、すべてを許してしまうのはいよいよ惨めに思えたので」（「帚木」巻）

抵抗する。源氏の美貌を目の当たりにすることで、我が身の程を含めた惨めさに思いが至ってしまったのだ。

空蟬は受領の後妻という身分の上、末摘花に比べられるほどのブスである。そのことは、年寄りで無骨な夫とすごす時は意識しないで済んでいたろうが、源氏と寝たら、そうはいかない。

〝女、身のありさまを思ふに、いとつきなくまばゆき心地して〟

源氏と一夜を過ごしたあとの空蟬を物語はこう形容する。

女……空蟬は、我が身の有様を思うと、とても不似合いで、まぶしいような恥ずかしさを感じてしまったのだ。

空蟬は、またこうも思う。

「こんな〝うき身のほど〟（イヤな身の程）に定まらないうちに、ありしながらの娘時代の身で、こうしたお情けを頂けるなら」

「こんなふうに〝品〟（階級）が決まってしまった境遇ではなく、昔の親の気配がとどまる実家で、たまさかにでもお待ちするなら〝をかしうもやあらまし〟（趣もあっただろうに）」

自分は受領の後妻という、つまらぬ身の程に定まった身である……源氏と関わることで、そんな身分コンプレックスが引き出されているのだ。

受領の娘の明石の君も、似たようなものだ。父・入道に源氏との結婚を推進されてしまう彼女であったが、源氏の高貴さを思うと、

「高貴な人は、私を人の〝数〟にも入れてくれまい。かといって身分相応な結婚は絶対したくない。もしも長生きして、私を思ってくれる人に死に別れたら、尼にもなってしまおう、海の底にも入ってしまおう」（「須磨」巻）

と考える。

そして、源氏からのラブレターの、気後れするような素晴らしさに、手を差し出すのも恥ずかしく、

「源氏の君のご身分と自分の身の程を思い比べると格段の相違なので、『気分が悪い』と言って、ものに寄りかかって臥せってしまった」（「明石」巻）

源氏と接すると、自分の身の程が痛感され、寝込んでしまうほどであった。

受領とは、中央から派遣されて諸国を治める国司《こくし》の中で最上位の者。任期中に富を蓄える者が

多く、経済的にはなまじな中央官僚より恵まれている場合も多いものの、ミカドの皇子である源氏とは身分が違いすぎる。が、明石の君の父・入道と源氏の母・桐壺更衣《きりつぼのこうい》はいとこどうしだったことや、当時の源氏には「謹慎中」というハンデがあったこともあって、とうとう二人は結婚する。

そして、娘が生まれたお礼参りに住吉大社に参詣した明石の君は、謹慎を解かれて帰京の願ほどきに参詣した源氏の行列にばったり出会う。金持ち受領も足元にも及ばない、その行列のものものしさをはるかに拝せねばならなかった明石の君は、

〝身のほど口惜しう〟(「澪標」巻)

感じる。

「いったい自分はどんな〝罪深き身〟だからというので、常に夫のことが気がかりでいながら、こんなにとどろきわたっていた夫の参詣も知らずにのこのこ出かけてきてしまったのか」

と、夫である源氏と比較にならない身の程が悲しくて、人知れず涙するのである。

源氏の美貌や高貴な身分は、きらきら輝く鏡のように、「ほらお前はこんなにブスなんだよ」とか「このていどの身の程なんだよ」と、女たちにコンプレックスを映し出してみせる。

源氏の正妻の葵の上をとり殺したという設定の六条御息所は、

「私が不似合いの年齢だから」(「葵」巻)

と年齢のことを恥ずかしがって（彼女は源氏の七歳上。計算によっては十六歳上になる）、源氏に打ち解けることができなかった。年齢コンプレックスである。それを源氏も利用して、「御息所のお気持ちに遠慮しているのだ」と振る舞って、正式な妻扱いをしないというズルさもあった。

源氏の発するメジャーなオーラは、周囲の者に経済的・社会的な恩恵を与える代わりに、それにつけても、自分はなんて惨めな身の上なんだろう、というコンプレックスを発見させるのだ。

なぜ完璧な葵の上は愛されなかったか

それにしても気になるのは、なぜ源氏はこんな「コンプレックス女」ばかりとつきあっていたのか？　ということだ。

コンプレックスを覚えるべき境遇にあって、コンプレックスを感じるような、敏感な女が好きという理屈は分かる。

けれど、源氏のように地位や美貌や才能を兼ね備えた男が、なにもそんな、コンプレックスのありそうな女と結婚したりつきあったりしなくてもよさそうではないか。自分と釣り合う容姿・身分の女はほかにいくらでもいるだろうに……と、思いながら、『源氏物語』を読むと、面白い事実が明らかになる。

こうした条件を満たす女を、源氏は愛することがないのだ。

その女が正妻の葵の上である。源氏は、十二歳で元服した時、父帝の計らいで四歳年上の葵の上と結婚するが、この妻とはのっけから仲良くなれない。彼の心は、父帝の中宮藤壺でいっぱいだったこともあるが、それでも夕顔や紫の上は気に入って、貧乏でブスの末摘花の家にさえ足しげく通っていた。そんな彼が、葵の上のもとに行く気にならなかったのは、彼女のことがはっきり「気に入らなかった」からだ。

「とても美しく、いかにも大事に育てられた深窓の姫君とは思うけれど、〝心にもつかずおぼえたまひて〟(お気に召さぬ感じがなさって)」(「桐壺」巻)

結婚当初はそう感じ、また後年、紫の上にも、

「あまりに乱れたところがなく、きまじめすぎて、少し賢すぎたとでもいうべきか、心に思うには頼もしく、逢うには面倒なお人柄でした」(「若菜下」巻)

と語っていた。

賢くて美人で浮気の心配もない。

しかも彼女は、左大臣の父と皇女の母に、お妃教育を受けた女で、源氏の兄・朱雀院のお妃候補でもあった令嬢だ。

気位が高いのは当然で、そうした女は『竹取物語』のかぐや姫や『うつほ物語』のあて宮など、『源氏物語』以前の物語ならヒロインだった。

葵の上は、『源氏物語』以前の物語なら、間違いなく主人公に愛される役どころだろう。

その葵の上が、主人公の正妻になったとはいえ、嫌われてしまうのは、彼女の責任というよりは、源氏側に問題があると考えてよかろう。源氏自身、葵の上の「鮮やかなまでに気高く、だらしないところが少しもない」様子を見ると、心に思っている。

「やはりこれこそは、あの人々（雨夜の品定めをした人々）が捨てがたいと言って選び出した、実《じつ》のある女として頼みにすべきなのだろう」（「帚木」巻）

にもかかわらず、

「あまりにきちんとした御有様が、くつろぎにくく、こちらが気後れするほど取り澄ましていらっしゃるので、物足りない」

要は、完璧すぎて、面白くないのだ。

そんな彼も、葵の上に心惹かれたシーンが一度だけある。それは、彼女が出産前後、息も絶えだえになって、床についている時だ。

もともととてもきれいな彼女が、大きくなったお腹を抱え、白い御着物に黒髪も華やかに映えて横たわるさまを、源氏は、

「これでこそ、可憐で優美なところが加わって魅力的だ」（「葵」巻）

と思う。そして、彼女が男子（夕霧）を出産後、衰弱しきって、あるかなきかの風情で臥せる様子を、

「とても可憐で痛々しげ」

と見る。髪は一筋の乱れもなく、はらはらと枕のあたりにかかったところなどは、あり得ないほ

ど美しいので、

「今まで何を不満に思っていたのだろう」

と不思議なまでにじっと見つめずにはいられない、というところまで、彼の気持ちは彼女に接近する。

しかしその後再び彼らの気持ちが互いに近づくことはない。なぜなら、このあと源氏が出かけたスキに、葵の上は息を引き取ってしまうからだ。二人はとうとう分かりあえぬまま、遠く離れてしまうわけだが。

面白いのは、彼が、完璧タイプのふだんの妻を好きになれないくせに、瀕死の状態で弱った妻には惹かれている点なのだ。

〝光る源氏〟の闇

完全無欠のお嬢様の葵の上や、資産家の六条御息所、強い後見人のいる朧月夜、鈍感なまでに天真爛漫な軒端荻《のきばのおぎ》……源氏は、こういう女たちとは枕を交わしても、心底好きになるにはいたらない。

一方、彼が自ら選んで屋敷に迎えたのは、孤児同然の紫の上、後ろ盾のないブスな空蝉と末摘花と花散里、身分の低い明石の君……といった格下の女、コンプレックスのある人ばかりである。

源氏は、なぜそんな女にばかり惹かれたのか。どういうつもりでそんな女ばかりを集めたのか。その理由の第一は、彼が帝王になるはずの男であったからだ。

幼少時、父帝が彼の身分を隠して高麗《こま》の人相見に占わせたところ、「帝王の位につくべき相のある人だが、そういう点から見ると国が乱れる。朝廷の柱石《ちゆうせき》となって、天下を補佐するという点で見るとまた違った相がある」（「桐壺」巻）といった占い結果を得ていた。国と皇子の将来を案じたミカドは、皇子を臣下にして〃源氏〃の姓を与えた。

そんな源氏は後年、自邸に女たちを集めるという天皇さながらの生活をする。夫が妻の実家に通い、新婚家庭の経済は妻方で担うのが基本の当時、妻の実家が高貴であったり強かったりすれば、そうした暮らしは成り立たない。

現に左大臣家のお嬢様である葵の上の生前は、源氏は左大臣家に通い続けていた。それが彼女の死後、彼は自分で選んだ妻を自邸に迎えるということをした。妻の地位が高かったり、後ろ盾がしっかりしていれば、こんな真似はできない。

源氏の選んだ妻がすべて格下であるのは、こうした物語の構成上の都合というのが、まずあろう。

それに加え、源氏自身の心の問題という観点から見ると、美男で高貴で多才な彼の心の底の深い闇……といったものを感じる。

彼はもともと完璧な条件をもった女が嫌いなのである。

そういう女特有の高慢さや自信満々な態度が嫌いなのだ。だから、元気な頃の葵の上ではなく、衰弱して憎まれ口もきけなくなった葵の上に惹かれる……。

なぜだろう。

彼自身、コンプレックスの人だからだろうか。しかし彼の学問コンプレックスは、口に出して人に言えるレベルのものであって、闇と言えるほど深いものではない。むしろ彼は、鏡に映る自分の姿にうっとり見とれるナルシストタイプの男だ。

そして、そういうタイプによくあるように、とてもわがままな男である。だから自分の言いなりになりそうな、コンプレックスのある女を無意識に集めてしまったと考えることもできよう。

彼は夕顔を変死させてしまったあと、

「どうにかして、仰々しい世間の評判もなく、とても可憐な人で、気兼ねのいらない人を見つけたいものだ」（「末摘花」巻）

と考えていた。

ずいぶん身勝手な望みであるが、彼はそれだけ癒しがたい心の渇きをもっていたのである。そしてその渇きは、自分の身勝手な思考回路のためにいっそう増幅される一方だったのだ。

源氏の愛の渇き

五十代を目前にした源氏は、こんなふうに愛妻の紫の上に漏らしている。

「私は幼い頃から人とは違って、仰々しく生まれ育ち、今の名声や暮らしも前例のないほどだった。けれどもまた、悲しい目にあうことも人にはまさっていたのですよ。まずは、思う人に様ざまに先立たれ、取り残された晩年にも、満たされず悲しいと思うことが多く、つまらぬ、不都合なことにつけても、不思議と苦悩が多く、心に満ち足りない思いが絶えずつきまとっている。そうした悲しみと引き換えに、思ったよりも生き長らえているのかもしれない」(「若菜下」巻)

悲しみが命を延ばす……極上の栄華を極めた彼の心には、いつの頃からか、そんな絶望的な発想をさせるほどの「満たされぬ思い」が芽生えていたのである。

実際、彼は生まれてこのかた、存分に愛が満たされたことはなかった。三歳で母を亡くし、六歳で母代わりだった祖母を亡くし、甘え盛りの年頃を母の記憶もないまま育った彼が、初めて惹かれた女は、「母の面影」を宿すと評判の藤壺だったのだから、胸がつまる。けれどこの恋も決して満たされることはない。藤壺は、父の愛妃という、結ばれることの許されない立場の女だったからである。

「母への思い」も「異性への恋」も満たされなかった源氏は、やがて、複数の女たちとの愛欲の海へと船出する。

しかも藤壺以外の女と寝ると、そちらに心が移るのではなく、心は藤壺に置いてきたまま、体だけ動かしている。朧月夜と寝ても、

「藤壺あたりは、こよなく奥深く近づきにくかった、と、世にも類いないお方と、つい〝思ひくらべ〟ずにはいられない」(「花宴」巻)

と思う。こうした思いは、藤壺の死後も変わらず、紫の上を見ても、

「髪といい面差しといい、恋し続けるあの方の面影が、ふと思われて、素晴らしく思うので、心をほかに分ける気がしない」(「朝顔」巻)

と、「藤壺に似ている」ということが、妻への愛を再確認する理由となってしまっている。

源氏にとって藤壺以外の女は、愛妻の紫の上でさえ、藤壺の代用品なのだ。代用品だからこそ最愛の妻たり得たとも言える。

彼が、精神的なエネルギーを注ぐのは結局、藤壺一人なのかもしれない。だから藤壺以外の女は、精神的なエネルギーを使わずに済むような、おとなしいタイプを選ぶ傾向に流れがちになる……。

源氏が、コンプレックスをもつような女たちに惹かれたのは、そんな事情もあるのではないか。

彼女たちは実際、おとなしかった。

夫が他の女と寝ても、子供をよそで作っても、作った子供と引き離されても、よそで作った子供を押しつけられても、文句を言わずに耐えていた。

それは、彼女たちが、「自分はこんなにブスだから」とか「身分が低いから」とか「強い実家がないから」という「負い目」のある女たちであり、源氏の屋敷以外行くところのない「寄る辺ない女たち」だったからである。

つまり彼女たちは、「我慢」していたのだ。

源氏は、女たちがおとなしいのをいいことに、我慢をさせ続けていた。そのつけが、後年、源氏にどんな形でやってくるかは、あとで触れるとして。

問題は、そんな源氏が、そういうおとなしい妻たちに満足していたのかというと、決してそうではなかった、ということだ。

藤壺以外の女はすべて藤壺の代用品と見なしていた彼は、「ほしいものだけが得られない」という、もだえるような愛の渇きに苦しんでいた。

だからこそ、紫の上との結婚十八年目にして、女三の宮を正妻に迎えた。この時、彼は四十歳。当時十四、五歳だった女三の宮は、藤壺の姪だった。優美な朱雀院を父にもち、藤壺の異母姉妹を母にもつ。そんな血筋であれば、

〝この姫宮おしなべての際《きは》には、よもおはせじを〟（「若菜上」巻）

女三の宮が並大抵の美貌であるはずがない……源氏の頭を占めていたのは、新妻の登場で悲しむに違いない愛妻の紫の上ではなく、八年前に死んだ藤壺だった。女三の宮と結婚しても、源氏にとってはただ藤壺の身代わりが一人増えるだけなのだが、それでも、そんな女でも、自分の周

りに集めないではいられないほど、彼は寂しかったのだ。

そして、妻は誰もいなくなった

だが。

女三の宮は、藤壺の代用品にもならなかった。源氏はこの時初めて、

「思えば紫の上は素晴らしい女だった」

と気づき、

「我ながらよく育て上げたものだ」

とも思う。

このあたり、あくまでも自分本位な源氏の思考回路が浮き彫りになっているのだが。

やがて紫の上も気づいてしまうのだ。

「我が身はただ夫一人の世話にすがって、人には劣らずにいるけれど、あまり年老いれば、夫の気持ちもしまいには衰えてしまうだろう」(「若菜下」巻)

そして、この前後から、源氏に出家を願い出ていた。けれど源氏は、紫の上の出家を許さない。

しかも、

「自分には常に満たされない思いがつきまとっていた」

「悲しみと引き換えに、思ったよりも生き長らえている」

という例のセリフを言った時も、

「でもあなたは親元同然の家で気楽に過ごしてきたんだから幸せだよね」といったことを言い、女三の宮のもとに行ってしまう。

あくまで勝手な源氏は、自分の不幸には気づいても、紫の上の不幸には気づかない。気づいたとしても、正面きって見つめようとはしないのだ。

取り残された紫の上は、胸の病を発症する。そして病弱になった果て、ついには死んでしまうのだった。この時、紫の上は四十三歳（計算によっては四十一歳）。源氏は五十一歳であった。


先を急ぎすぎたかもしれない。

実は、源氏は三十代に入った頃から、他の妻たちの心も離れつつあり、女たちにもてなくなりつつあった。

六条御息所の遺児の秋好中宮《あきこのむちゅうぐう》に恋心を打ち明けて疎まれるし（詳細は3‐4を）、夕顔の遺児の玉鬘にも同様にして拒まれている。

養女に手を出そうとしているのだから当然だが、かつての源氏は養女同然に育てていた紫の上を犯して妻にしたではないか。

妻に関しても似たようなことが言える。

当時四人いた妻たちの中では、ブスな末摘花はもちろん、やはり容姿の劣る花散里とはセックスを怠っていた源氏だが……。彼女の差配で催し物をした夜、

「こうしてあなたを拝見するのは気持ちが休まるなぁ」(「螢」巻)

などと言いながら、珍しくちょっかいを出そうとした。ところが、さんざん一人寝に馴らされていた花散里は、〝その駒《こま》もすさめぬ草〟(馬も食べない草)と自己を卑下した歌を詠み、いつものように二人の間に几帳を立て、さっさと寝てしまうのだった(↓1-4)。

さんざん女遊びで妻を泣かせた男が、中年になって妻にすり寄っても、妻の心も体も開かないという例としても読めよう。

明石の君に関しても似たものがある。身分の低い彼女の生んだ姫君に、最高のお妃教育を施すため、姫君を取り上げ、紫の上の養女にしていた源氏であったが、姫君が東宮に入内することになり、紫の上の提案もあって、明石の君は姫君の付き人となる。すると明石の君は、姫君に付き添ってほとんど内裏で過ごすことになる。

そうなると残るは末摘花だが……。夫というより、生活保護者の立場で接してきた源氏にとって、彼女は対等に話せる妻ではなく(かろうじて対等らしく話せる妻というのは紫の上くらいであったが、女三の宮降嫁後、出家を願っても許されないという事実は、彼女もまた格下の妻の一人であったことを浮き彫りにしている)、女三の宮降嫁後は、久しく病気に臥せっているとあり(「若菜上」巻)、源氏と夫婦生活がなかったのは明らかだ。

そして、源氏と身分的に釣り合う妻として降嫁してきた女三の宮が、柏木に犯されてしまったことは、すでに触れた通りである（↓2-2）。

世界が逆さになる恐怖

実は、女三の宮が登場する「若菜上」巻は、あらゆる点で、『源氏物語』の転換点となっている。白いオセロがぱたぱたと黒に変わってしまうように、今までプラスだったものが、すべてマイナスになるという意味での転換点である。

巻の冒頭、女三の宮の母のプロフィールが語られていて、彼女は朱雀院の妃の中では血筋はよかったものの、

「弘徽殿大后が尚侍として参らせた朧月夜が、傍らに並ぶ人がないほど大事にされていた陰で、圧倒されて、朱雀帝もお心の内ではいたわしい方と思し召されてはいたが、退位後は今さらどうにもならず、口惜しく、世を恨んだような形で亡くなってしまった」（「若菜上」巻）

とある。

朱雀帝と源氏という兄弟の両方に愛されて、天真爛漫に恋を楽しみ、その恋が、源氏の須磨行きを招いてしまった折は、それなりに苦しんだ朧月夜……これまで彼女の側からだけしか当てられなかったスポットライトが、その位置を変えることで、朧月夜の天衣無縫な恋のあり方は、しょ

せん絶大な権力に守られたものでしかなかったことが示される。そして、その陰では、ミカドの愛も得られず、身分相応のケアも受けられず、屈辱感にさいなまれながら死んでいった女の、陰々滅々たる恨みの声があったことが、白日のもとにさらされるのだ。

角度を変えれば、世界が変わる。

意味が変わる。

善人も悪人になる。

そんな、革命にも似た、人生の「読み替え」が始まる「若菜上」巻では、今まで読者に隠されていた、登場人物の思わぬ一面が一気に噴き出しはじめる。

源氏が「等身大の男」として、その姿をさらしはじめるのも、まさに、この「若菜上」巻以降である。

女三の宮と柏木の関係を知った源氏は、

「こんなに大事にしてやって、自分が内心気持ちの惹かれる紫の上よりも、立派で畏れ多いものに思い、世話をしていたのに」（「若菜下」巻）

と不快感でいっぱいになる。同時に、

「もしや亡くなった父の桐壺院も、こんなふうにお心はご存じでいながら、知らず顔を装っていたとしたら。思えば、あの時のことは、実に恐ろしくあるまじき過ちだったのだ」

と、ありし日の藤壺との密通を反省する。密通から三十年近くも経ったこの時、今度は自分が妻を奪われる立場になって、初めて自分の行為の重大さに気づく。もしかしたら、すべてを父は知っていたのではないかという思いとともに……。

これは、ホラーである。

それまで信じていた世界がガラガラと音を立てて崩れ去っていくことの恐ろしさである。しかも父は知っていたとしても知らぬふりができたが、源氏には、できない。

柏木にはイヤミを言って死に追いこみ、妻の女三の宮をも、ねちねちと攻撃する。

「あなたは人が適当に言い寄るのを本気にしてしまう方だから」(「若菜下」巻)とか、「私みたいな老いぼれのことは見馴れてバカにしているのでしょう」とか、「この老いぼれも、あの人(柏木)と同じようにお思い下さって、そうひどくバカになさいますな」とか。

「弱み」をもった相手が抵抗できぬと知りつつ、いたぶり続ける。もちろん人の見ている前では、「おかげんいかがですか」とか「もっと召し上がらなくては」と優しいそぶりをする。そのくせ人に聞こえぬ小声で、

「私としては、いつ出家しても構わぬ気持ちなのですよ。でもあなたの父上に頼まれたのが嬉しかったから、お世話をしているのです」

などと恩着せがましいセリフを言わずにはいられない。あなたのことは愛してないけれど、義理があるから我慢しているのだ、というわけだ。

なんて意地の悪い男だろう。世間体を気にするあまり離婚しようともせず、無視するでもなく。まるでうっぷん晴らしのように女三の宮をいじめる源氏の姿を見ていると、妻に裏切られた被害者というより、柏木と女三の宮という若い恋人の仲を引き裂く加害者のような印象さえ受ける。

かつて物語ではほとんど語られることのなかった、主人公・源氏の、人間臭いというにはあまりに陰険な一面。

ところが源氏の他の妻たちと違って、朱雀院の愛娘である女三の宮は我慢しなかった。

柏木に犯されて宿した子（薫）を出産後、人目を飾るばかりで、赤子をよく見ようともしない源氏の態度に、

〝このついでにも死なばや〞（「柏木」巻）

と思い、源氏にも「尼になりたい」と願う。源氏は紫の上の時と同様、反対するものの、宮の様子は父・朱雀院に伝わり、院はお忍びで源氏の屋敷に行幸。その手で娘を出家させるのだ。

すると源氏は、今まであんなに、「女三の宮は幼い。紫の上とは比べ物にならない」とバカにしていたのに、急に宮が惜しくなってくる。当時の尼は坊主にせず、「尼削ぎ」といって肩のあたりまで髪を切り残していた。その姿が、

「可愛らしい子供のような感じで、優美で魅力的である」

と源氏の目には見え、毎日のように宮のもとを訪れ、

「今になって、かえってこの上もなく大事な人としてお世話なさる」

といった有様になる。

そして二年後、なおも未練がましく振る舞う源氏を、宮は、

「ひたすらわずらわしいこと」（〝ひとへにむつかしきこと〟）（「鈴虫」巻）

と思って、

「源氏と離れた住まいで暮らしたい」

とまで考えるが、大人っぽくそんなことを言える宮ではない。

一方の源氏はといえば、宮にそこまで嫌われているとは気づかぬ風だ。人は、どんなに追いつめられても、なんとか自分に都合のいいように考えようとするものなのだろう。

妻が他人の子を生んで出家するという、「最悪の事態」を迎えた源氏は、目の前で無心にはいはいをする赤子（薫）の、親に似ぬ美しさを見て、

「口元の可愛らしい色つやや、目元がゆったりと、こちらが気後れするような美しさがあるところなどは、やはりあの柏木のことがよく思い出されるが、彼にはこんなずば抜けた美しさはなかったのに、なぜこうも美しいのだろう」（「横笛」巻）

と思う。そして、

「宮にも似ていらっしゃらない。今から気高く重々しく、人と違って見える様子などは、鏡に映る自分の姿に似てなくもない」

と、そんな気持ちになる。

この心理も絶妙だ。

妻を犯され、子まで生まれた。長いこと夫婦のことはないから、計算からするとその子は自分の子ではなかろう。けれど、もしも自分の子であったら、宮の身分の高さからいっても、その嬉しさは、一点のくもりも混じらぬものだったろう。これが我が子であったらどんなによかったか。いや待てよ。もしかして、まだ自分の子という可能性も捨てきれないじゃないか。そういえば、この美しさ、私に似ているのでは……。

わずかな可能性の中に、慰めを見いだそうとする源氏の視線は痛ましいとともに、追いつめられた人間特有の、自己中心的な発想が、滑稽ですらある。

しかし、この心理描写のさらに恐ろしいところは、

「薫は源氏の実の子かもしれない」

という可能性をこっそり含んでいるところだ。

もしそうだとすると、死んでいった柏木や、出家までした女三の宮、成長するにしたがって出生の秘密に悩む薫の重苦しい青春時代は、すべてむなしい苦悩だったということになる。

これは、すごく怖い。

こんな怖さをはらんだまま、『源氏物語』は、まだまだたくさんの登場人物を乗せて、先の見えない暗く長いトンネルをシュッポッポーと走って行くのである。

紫の上の死

さて、源氏は、女三の宮が出家してからも、「まだ未練がある」という態度を示して、尼姿の宮を悩ませていた。そうこうするうち、病気がちだった紫の上の病状が悪化。源氏は、女三の宮どころではなくなり、

「ほんの少しの間でも、紫の上に死に後れるとしたら、たまらなく悲しいに違いない」（「御法」巻）

と思っていた。けれど、この期に及んでも、

「ほんのしばらくなりとも、生きている間は仏道修行に専念したい」

という紫の上の願いを聞き入れることはない。出家すれば、紫の上と離れ離れに暮らすことになるので、それがたまらなく寂しいのだ。

あくまで自分本位な源氏だが、紫の上も、

「夫の許しもないまま、一存で出家するのも見苦しいし、不本意だ」

と思うので、女三の宮のように、夫を振り切って出家してしまうことはない。

紫の上は最後まで我慢し続ける。そして、出家の願いもかなえられぬまま死んでしまうのだ。

源氏の嘆くまいことか。彼は駆けつけた息子の夕霧に、聞かせるともなく、しゃべり続ける。

「死んでしまったね。長年出家したいとあんなに願っていたのに。それをとうとうかなえてやれなかったことが、かわいそうでならなくてね。加持祈祷や読経の僧たちもみんな声を出すのをや

めてしまったね。でも残っている者もいるだろう。今さらむなしい気もするが、仏の御利益を、今はあの冥途《めいど》の弔《とむら》いとしてでも信じるほかはないね。髪を下ろすよう言いつけて下さい。しかるべき僧は誰が残っている？」

しかし夕霧は、

「息を引き取られたあとで御髪《みぐし》だけをお切りになっても、この世とは別のあの世を照らす光にもなりませんでしょう」

と反対し、結局、紫の上を剃髪させた様子はない。

源氏は、生きていた時より美しく横たわる紫の上の遺体を荼毘《だび》に付《ふ》し、寝ても起きても涙に沈んで暮らすことになる。

傷だらけの晩年

紫の上が死んでしまった悲しみを「少しでも慰めることができれば」と、源氏は、残る妻たちの部屋を訪れる。

まず、女三の宮を訪れると、お供えの花が美しく咲いているので、

「春が好きだった人が亡くなったから、花の色も興ざめにしか見えなかったけれど、仏様の飾りとして見ると、きれいだね」（「幻」巻）

と言って、

「紫の上の住んでいた御殿の庭の山吹は、やはり、ほかにはない美しさだよ」

「植えた人がいなくなったとも知らないで、例年よりもいっそうきれいに咲いているのが、じーんとしてしまうんですよ」

などと話しかける。すると、女三の宮は、

〝谷には春も〟

とだけ答える。〝光なき谷には春もよそなれば咲きてとく散る物思ひもなし〟(光の差さない谷には春も来ないので、花が咲いてすぐ散る心配もない)という歌を引用したのである。

「私みたいな日陰者には、花が咲こうが散ろうが、知ったことではない」というわけだ。

これを聞いた源氏は、苦い気持ちになる。

「よりによって、そんな言い方はないだろう。イヤなことを言う」

と思うにつけても、

「紫の上は、こんなちょっとしたことでも、こちらがそうしてほしくないことはしなかったのに」

と、紫の上が幼い頃からの出来事が思い出されてきて、かえって悲しみがつのってくる。

気をとり直して明石の君のもとに行くと、今度はさすがにしみじみとした会話が展開されるものの、そつのない応対を受けるにつけても、

「あの人は、また、これとは違うやり方で、持ち味を見せてくれたものだ」

と、またしても紫の上が思い起こされる。

寂しさに耐えかねて、ふらふらと旧妻を訪ねてみるものの、結局、誰のところに行っても、悲しみは慰められない。

ただ、紫の上の可愛がっていた中将の君という女房とだけは関係している形ではあったが、出家もままならぬ状態に沈む。そんな父・源氏の〝さびしき御独り寝《ひと》〟(「幻」巻)を案じた息子の夕霧は、時々、源氏の御座所を訪れては、紫の上の生前は、父に近づくことを禁じられていた彼女の御座所が近くにあることに、昔、彼女を垣間見たことなどを思い出すのだった。

紫の上亡きあとの源氏は、花を見ても紅葉を見ても何の感動も覚えない。

ひたすら寂しい、ぬけがらのような老人となって、死出の旅につく。

以上が源氏の人生だ。

源氏の輝くような経歴は、幸福感の達成ということでいえば、何の効力もない。彼の苦悩を何一つ癒しはしない。彼ほどの人にあってなお、

「満ち足りない人生だった」

と嘆くほど、自分の思い通りには、人生を運ぶことができない。

つまり源氏は、全然オールマイティなんかじゃない。失恋したり妻に逃げられたり……それでもめげずに人を責めず、明るく生きていきました、というのでもなく、妻の裏切りに陰険なイヤミをくり返し、愛妻の死に、なぜもっと望みをかなえてやれなかったか、と後悔の涙に沈む。そ

れでいながら、また女を抱き、人生、思うようにいかない、と嘆く。

源氏の人生は、矛盾に満ちた私たちの人生と、変わるところはない。そのキャラクターは等身大であり、その人生は傷だらけで、リアルなのだ。

4―リアリティへのこだわり

「これは作り話ではない」というこだわり

見てきたように『源氏物語』の特徴は、リアリティにあると言っていい。

そもそも『源氏物語』には、意識的な「リアリティへの努力」が、そこここに見える。

「桐壺」巻で、源氏の美貌や才能を書き綴った紫式部は、次の「帚木」巻では、

「〝光る源氏〟なんて名前ばっかりご大層ですが、不名誉な失敗も多いんです。そのうえ、こんな浮気沙汰を後世の人が伝え聞いて、軽薄な評判を立てては と、内緒にしていた秘密のことまで語り伝えてしまうなんて、口さがないったらないですね」

と言いつつ、人妻・空蟬や夕顔との顚末を語りはじめる。この口上は、

「源氏って、ちょっとできすぎじゃない？　現実にはいないよ、こんな奴」

という読者の反響に対する答え、そして、その答えに対して予想される、

「本人が決して漏らすはずのない秘密の話が、なぜ漏れてしまったのか。やっぱり作り話だから

じゃない？」

という読者の疑問に答えるという、二重構造になっている。

さらに、夕顔や空蝉との関係を語り終えた紫式部は、こんなふうに締めくくっている。

「こういうごたごたは、源氏の君は人目に隠れて秘密にしていらした。それがお気の毒で、書くのを控えていたのですが、『なんでミカドの皇子《みこ》だからって、彼を間近で見ている人までが、欠点がないかのように褒めてばかりいるの？〝作り事〟（作り話）じみている』と取り沙汰する人がいらっしゃるので書いたのです」（「夕顔」巻）

ここには、物語の進行とリアルタイムであれこれ意見を言ってくる読者の存在が見え隠れするとともに、紫式部がそんな読者を想定して、話を構築していたことがうかがえる。なによりも、「これを作り話と思ってもらっちゃ困る」

という紫式部の創作姿勢が表れていて興味深い。

リアリティにこだわる紫式部

こうした紫式部の姿勢は、『源氏物語』以前の物語では当たり前だった「奇跡」の排除にもつながっていく。

たとえば『竹取物語』は、主人公が月の天人というファンタジックな設定だし、構成上『源氏物語』に大きな影響を与えた『うつほ物語』も、主人公（仲忠《なかただ》）の一族は天人の末裔だ。そして天人から授かった琴の霊力で、様ざまな苦難を乗り越えて、栄華を勝ちとっていく。いずれにしても、主人公が超人的なのは、人間ならぬ天人の血を引いているためで、最後には、超自然の力に助けられて、危機を脱したり、浮き世のごたごたから逃れたり、あるいはご都合主義的なハッピーエンドにたどり着く。

というふうに、「奇跡」は物語を運ぶ大きな原動力になっていた。

ところが『源氏物語』では、奇跡は起きない。

主人公の源氏は卓抜した能力の持ち主だが、ただの人間だ。そして、源氏の大切な女たちに祟る六条御息所の生霊や死霊に対して、誰もなすすべがない。奇跡は起きず、女たちは死んでいく。しまいには源氏も死んでしまう。

しかも、六条御息所の生霊が葵の上に取り憑くという、いかにもオカルト的なシーンでは、葵の上邸で生霊退散の祈祷に使った〝芥子《けし》〟の香りが、ずっと自邸にいたはずの御息所の体にしみついていたという、実証的な説明を加えることで、ぞくぞくと体に感じるリアリティを実現する（詳しくは3−4「感じる嗅覚」を）。

そうしたリアリティへのこだわりは、「物語に現実を持ちこむ」という手法にも表れている。

須磨や明石、宇治や小野が、現実の地名であるのはもちろん、朱雀院や冷泉院というのは、二つの後院《ごいん》（譲位後のミカド［上皇］の御所）をさす普通名詞でもあるし、藤壺や弘徽殿というのも、実際に後宮にあった殿舎の呼び名である。

ちなみに藤壺は、紫式部の仕える彰子中宮の宮中での殿舎である。

虚構の藤壺の素晴らしさは、現実の彰子の賞賛につながり、現実の彰子の繁栄は、虚構の藤壺の秘められた権力と成功を予感させもしたろう。

紫式部は、同時代の身近な人を起用してもいるようだ。

たとえば源典侍は、性に対して臆病な『源氏物語』の女たちの中で、孫ほどの年の源氏に流し目を送り、セックスする猛者で、

「いい年をして、どうしてこうも好色なのか」

と、源氏にあきれられる設定だ。そんな彼女が、角田文衛によると、紫式部の夫・宣孝《のぶたか》の兄・説孝《ときたか》の妻（源明子）をモデルにしているという。（『角田文衛著作集』第七巻）

彼女は寛弘四（一〇〇七）年五月七日、五十歳ほどで辞表を出しているのだが、これは『源氏物語』の源典侍と彼女を同一視する女房たちのひそひそ話に耐えられなくなったからではないか、というのだ。

ただし、彼女の辞表は受理されず、最終的に明子が致仕したのは寛仁二（一〇一八）年ではあるのだが。

これが事実なら、紫式部は超意地悪ではないか。彼女は『紫式部日記』で、亡き定子皇后（彰子より先に一条天皇に入内し、死んでしまった）に仕えていた清少納言を、

「知識は浅薄、目立つことばかり考えている、浮ついた女」

と、こきおろしたあと、

「浮ついてしまった人の成れの果てが、どうして良いわけがあろう」

と決めつけている。

そんな悪意の持ち主なら、同時代の「有名人」を面白おかしく物語に登場させることもあったかもしれない。

「これ、あの人よぉ」と当時の宮仕えの人が読めば、誰でも思い当たる人物を起用することで、物語と現実が同時進行するかのような、読者参加型のエンタテインメントを実現していたわけである。

こうした『源氏物語』のリアリティに、当時の貴族女性たちは、「次はどうなるんだろう?」と、どんなにワクワクしたことか。なかには、「次は私を物語に登場させてほしい!」などと「お願い」する、お茶目なお嬢様もいたかもしれない。

おとぎ話の時代から、ノンフィクションの時代へ

それにしても気になるのは、なぜ紫式部はそんなにも「現実感」にこだわったのか、ということだ。

たとえばここでもさんざん紹介してきた『源氏物語』の先輩の『うつほ物語』は、あからさまに「作り話」的な設定である。この物語は一言でいうと「天から授かった琴の名器で、栄華をつかむ一族をめぐる、女の権力闘争」を描いていて、琴の名器を奏でたとたんに、ひょうやあられ、果ては天人が舞い降りてくるという、ファンタジックで荒唐無稽な場面が目立つ。かと思えば、皇后が、「あの女たちにはどんな〝つび〟(女性器)が付いているのか。寄ってくるものに〝みな吸ひつきて〟大事の妨げをする」(「国譲下」巻)

などと下品な悪口を言ったり、生活風習を折り混ぜたりしながら、権力や性に対する、むきだしの欲望が描かれていて、そういうものの好きな人(私もその一人だが)には受けるだろう。

主人公である仲忠とその母は天人の子孫で、ここぞという時、天人から伝えられた琴の名器を奏でると、あら不思議、天人たちが降りてきて、窮地を救う。こうして仲忠一族は、優雅にも琴のパワーによって、栄華を達成する。と、説明するだけで、いかにも「おとぎ話」的で、信憑性は感じられない。けれど、だから悪いわけではなく、おとぎ話でも、リアルなヒトの心情は伝わる。狼が言葉を話す「赤頭巾ちゃん」だって、ちゃんと男の生態や女の子の心理を浮き彫りにできているわけで、『うつほ物語』だってそうである。

『うつほ物語』の作者は、「物語は、作り話でいい。おとぎ話でいい」と考えていたに違いない。

そして、そういう作者の創作姿勢は読者にも受け入れられて、この物語は、『源氏物語』ができる以前は、貴族に最も親しまれた作品の一つとなって、『源氏物語』にも、『竹取物語』などとともにその名が登場する（「絵合」巻）。

一方、『源氏物語』の紫式部は、「物語はリアルでなくてはいけない」とはっきり考えていた。だから、できる限り、現実らしく見せようと努力した。『うつほ物語』に見えるようなファンタジー的な要素を排除して、代わりに、現実の呼び名や地名をふんだんに盛りこんで、何度も「これは作り話じゃないんだ」という姿勢を見せた。

なぜだろう。

と考えた時、紫式部の、こんな嘆きを思い出す。

「宮廷で働くようになって、うんと恥ずかしい目やひどい目にあってからは、ためしに〝物語〟を読んでみても、以前見た時のようには面白く感じなくなってしまった」（『紫式部日記』）という……。

ここでいう〝物語〟は紫式部自身の書いた『源氏物語』であろうというのが定説だ。

だとすれば、紫式部が、『源氏物語』の転換点たる「若菜上」巻以降、あるいは宇治十帖以降を執筆する動機につながることになる。あるいはこれを旧来の物語を指すと解釈すれば、「自分の読みたい物語がないので、自分で書く」ということになる。

いずれにしても、現実の厳しさを知って以来、〝物語〟を読んでも、しっくりこなくなってしまった、というのだ。

それは、当時の貴族たちに通じる思いでもあったのではないか。

平安中期には伝染病が蔓延し、道長の娘・嬉子もそれで命を亡くしたし、時代は少し前になるが、平将門《たいらのまさかど》をはじめとする武士や豪族の反乱が起こっていた。栄華を誇った貴族階級にも没落の影が忍び寄り、没落女性が宮仕えに出るということも珍しくなくなっていたのだ。

さらに宮中のいじめと宗教ブーム……名前が変で、しかも「見た目が大したことがない」定子付きの女房は、人の養女になって名前が変わってもしつこく旧名を呼ばれていじめられたし（『枕草子』）、皇子を生まずに円融天皇の中宮になった藤原遵子は〝素腹《すばら》の后〟などと呼ばれた（『栄花物語』巻第二など）。『源氏物語』の最初のヒロイン・桐壺更衣も、後ろ盾のない身でミカドに偏愛されたため、汚物を撒かれたり、通路の出入り口を閉鎖され、閉じこめられるといういじめにあっているが、現実にもこの手のいじめがあったことは想像に難くない。

子供にとって「赤頭巾ちゃん」は面白くても、つらい現実を知った大人が読む気がしないように、現実のインパクトの前には、作り話など色あせる時代になっていたのである。

で、現実には現実を。というわけで、『蜻蛉《かげろう》日記』をはじめ、『和泉式部日記』、『更級日記』といった、私生活暴露もの的な「日記文学」が流行ったのかもしれない。紫式部の同輩の赤染衛門が、『栄花物語』という日本初の「歴史物語」を書いたのも、このへんの時代要請が影響しているような気がする。

そんな時代に、人々に受ける物語を作るとすれば、現実に対抗できるほど、または現実を忘れてのめりこめるほどの、リアルな世界観がなければ、太刀打ちできなかったろう。

紫式部が、あくまで「これはただの作り話じゃない」というスタンスを保ったのは、彼女個人の事情だけでなく、こんな時代背景があったため、という気がしてならない。

「ノンフィクション」として読まれる『源氏物語』

ドキュメント的な要素を物語に取りこむ紫式部の手法は、しかし。後世の『源氏物語』研究に大きな波紋を投げかけることになった。

『源氏物語』をノンフィクションとして読む。

このやり方が、中世以来の『源氏物語』研究の主流になってしまうのである。

つまり、

『源氏物語』のすべての登場人物にはモデルがいるし、典拠がある」

という前提で、モデル探しをするのが、中世の『源氏物語』研究なのだ。

逆に言うと、

「これが作り話とは思えない。絶対、モデルがいるはずだ」

と思えるくらい、『源氏物語』の登場人物たちは、リアルということなのだろう。

そういえば、マンガ家の内田春菊が、

「私の漫画はみんな体験と思われてしまう。私の想像力を認めたくないのかしら」

といったことを書いていたと記憶するが、『源氏物語』もまた、あまりにリアルすぎるために、こうした読み方をされてしまう。

かく言う私も、この項目を書くために、実在の人物と『源氏物語』の登場人物を対応させた系図を作っているうちに、一週間も経っていた。その時、内田春菊の言葉を思い出して反省したものだ。

たしかに、紫式部がヒントにした歴史上の人物はいるのだが、それは源氏一人とっても、在原業平、源高明《みなもとのたかあきら》、藤原伊周《これちか》、藤原道長、その他のモデルが想定されているように、これと断言できないことは言うまでもない。そうした様ざまな人物や、あるいは歴史に残ることのない、身近な人々（そこには紫式部自身も入っていよう）の生きようを頭に入れて、いったんバラしたうえで、想像力で作り上げた人物なのだから、モデルなんているといえば大勢いるし、いないといえば、一人もいないわけである。

それをやっきになってモデル探しをするなんて、『ベルサイユのばら』のオスカルやアンドレが、歴史上では誰に当たるかということを研究するようなもので、これほどむなしいことはない。

けれど、『源氏物語』には、そういう「魔境」のような境地に人を誘うほどの、リアルな世界観がある。紫式部という一人の女の「想像力」の産物であることを忘れさせるほど、「読む者の体に響く何か」があるのも、確かなのである。

第3章

五感で感じる『源氏物語』

「読む者の体に響く何か」……その「響く」部分をたどっていくと、行きつくところは「五感」だろう。

視覚・聴覚・嗅覚・触覚・味覚……闇におびえ、泥にまみれ、雨風に震える原始人ならともかく、この五つを毎日めいっぱい使っている人はきっと少ない。どうしても視覚や味覚に偏って酷使されがちなのが、現代人というものだ。現代人にとって、その他の五感が駆使されるのは、セックスくらいという向きが多いのではないか。

それは、生業に携わることのなかった平安貴族も似たようなものかもしれない。だから『源氏物語』で、五感に感じるシーンといえば、セックス絡みのシチュエーションが圧倒的なのだろう。

たとえば「抑圧のエロス」（↓1-2）でも紹介した、藤壺《ふじつぼ》に源氏が迫るシーンでは、源氏の衣ずれの音、一面にさっとたちこめる香り、男の手に握られる女のつややかな髪の感触……というふうに、男女の姿態が、五感に訴えかける描写で、浮き彫りにされていた。

男と女の愛欲を描く『源氏物語』では、風の音、花の香り一つとっても、官能的な気配が濃厚なのである。

1―感じる視覚

「見ること」にセックスという意味も含まれていた平安貴族の世界では、とくに人前に姿を見せない女の身体描写というのは、セックス描写も同然だった。だから、空前の身体描写を実現した『源氏物語』は、空前のセックス描写を実現したとも言える。

といったことは「リアルな身体描写」(↓1-3)で述べたからくり返さないが、紫式部はとにかく「女の見た目」に興味のある人だったようで、『紫式部日記』では、同僚の美人女房たちの容姿を微に入り細にわたり、書き出している。たとえば〝大納言の君〟は、

「とても小柄で、小さいと言える部類の人で、白く可愛らしく、むちむちと肉がついているもの、ぱっと見にはとてもすらっとしていて、髪は身長に一〇センチくらい余っている。その裾のかっこうや髪の生えぐあいなどは、すべて似るものもないほど繊細で美しい。顔もスキのない感じで、態度なども可憐で、もの柔らかだ」

〝小少将《こしょうしょう》の君〟は、

「そこはかとなく上品で優美で、二月頃のしだれ柳のようだ。容姿はとても可愛らしげで、物腰

は奥ゆかしく、性格なども、自分の意思では何も判断できないかのように遠慮をし、人目に立つのをひどく恥ずかしがって、見るに忍びないほど子供っぽくていらっしゃる」

〝式部のおもと〟は、

「ふっくらというレベルを超えて太った人で、色はとても白く、つやつやとして、顔は実に整っていて雰囲気がある。髪もすごく端麗で、そんなに長くはないのだろう、つけ毛をして宮仕えに出ている。太った容姿が、とても美しうございましたっけ。目元やおでこのかっこうなど、ほんとにきれいで、笑顔が魅力的でした」

と、こんな調子で、ざっと十四人ほどの女房たちをファイリングしている。

その、なめるような、冷酷なまでに正確な筆致は、カメラで写し撮ったようで、これが死体でも、紫式部は涙の陰で、正確に彼女たちの容姿を写し出すんだろう、と思える甘美な残酷さがある。

彼女は同僚女房たちがいかに美しいかを十一人まで綴ったあとで、こうつけ加えている。

〝それらは、殿上人《てんじやうびと》の見のこす、少なかなり〟

「彼女たちは、殿上人が見逃すことは少ない、ほとんど彼らとセックスしている」と。

しかもご丁寧に、

「人の見てないところでも、用心するから、そういう関係は知られないでいるけれど」

と一言断りを入れている。

こういう記述を見ていると、『紫式部日記』とは、どういう日記なんだろう。紫式部とは、どんな性格の女なんだろう。と不気味に思う。彼女のやっていることというのは、「私が勤める会社には、こんなに美人がいるんですよ」と、同僚の女性社員の容姿を詳しくあげつらったうえで、「でも、彼女たちのほとんどは男性社員とデキているのよね。みんなこっそりやっているから知られずにいるけれど、この私は知っているんだよね」と日記やブログに書くようなもの。こんなことをしている女子社員というのは、ちょっと怖い。トイレに潜んで、洗面所の会話を聞いたり、美人で評判の同僚の体に何気なく触れるなどして集めたデータを、「A子は、ええっと、背は高く、体はむちむち、男いる……」などと書きとめているわけだから。

紫式部は、彼女たちが気になってしかたなかったのだろう。できることなら「ヤりたい」と思ったかもしれない。それを行動に出さないまでも、頭の中では、「あのむちむちの胸に顔をうずめたい。ああもしたい、こうもしたい」と、美しい同僚女房たちの服を脱がし、その可憐な体のラインを見たに違いない。

そう思わせるほど、女たちの体を描く紫式部の筆致にはリアルなエロティシズムが感じられる。

こうした紫式部の姿勢は、『源氏物語』のリアルな身体描写と一つながりなのである。

2 — 感じる触覚

「肌」を重んじる『源氏物語』の男と女

貴婦人が親兄弟や夫以外に姿を見せなかった当時、男が女を「見た」時のインパクトは強烈なものがあったに違いない。女を「見た」ということには、女の髪を撫で、肩を抱き寄せ、キスをして、服を脱がせ……というもろもろがセットになっているから、なおさらだ。

ということは、『源氏物語』の身体は、視覚によってだけではなく、触覚にもとづいて描写されている、ということでもある。

源氏や薫《かおる》といった男たちが手に触れ、抱き締めた感じで、

「この人は痩せている」とか、

「いつも抱いてる女よりも華奢だ」

などと判断し、空蟬《うつせみ》は小柄で痩せている、明石《あかし》の君はすらりと長身などの身体描写につながっていく。

いわば体全体がセンサーとなって、人の体格を把握する。そして、こうした「作業」は、たいてい夜の、かすかな明かりのもとで行なわれるから、触覚の比重はますます重くなる。で、重視されるのが、手触りや肌触りである。

源氏に髪や手をまさぐられ、単衣だけを着せられて、

「私、どうなってしまうのかしら」（「若紫」巻）

と、寒さと怖さに震える十歳の紫《むらさき》の上《うえ》の冷たい、きれいな肌。もちろん触っているのは源氏である。紫の上はそれから二十九年後、病み上がりの透き通るように見える肌を、やはり源氏に、

「この世にまたとないほど可憐」（「若菜下」巻）

と見られている。

夕顔《ゆうがお》の忘れ形見・玉鬘《たまかずら》も、肌の美しい女だった。

彼女を養女に迎えた源氏は、その若々しい美しさに、

「やっぱりもう我慢できない。こんな私を嫌いにならないでね」（「胡蝶」巻）

と手を握る。その手はふっくらみずみずしく、間近で見る体つきや〝肌〟はきめこまかで可愛らしい。

源氏は着物を脱ぎ、近くに臥したので、玉鬘はとてもイヤな気持ちになって、

「実の父親なら、おろそかに見放したとしても、こうした方面のイヤなことはないだろうに」

と思うと、我慢しようとしても涙がこぼれ落ちる……。

源氏は、

「ゆめゆめ人に知られぬように」（〝ゆめ気色《けしき》なくてを〟）

と口止めして、部屋をあとにするという卑劣さである。

その後も源氏は足しげく玉鬘の部屋に通っては、人がいない時を狙って、ただならぬ面持ちで意中をほのめかす。

玉鬘はひたすら〝うたて〟（イヤだ）（「蛍」巻）と思い、源氏のほうも、からくも自制して、世間では、実の娘ということになっている彼女を犯すことはしない。しないものの……肌から髪まで、体中の「表面」を堪能したに違いないことがうかがえて、かえってエロティックなのである。

野分《のわき》（台風）の吹き荒れる頃、玉鬘と源氏の様子を垣間見た夕霧《ゆうぎり》は、

「なんてイヤらしい。どういうことだ。父君は好色の道では見逃すものはないというほどのご性分だから、実の娘でも、幼い頃から育ててこなかったから、こんなイヤらしい思いをもつのだろうか」（「野分」巻）

と驚いている。のちに玉鬘が実の姉ではないと知った夕霧は、「なるほどそうであったか」と思い合わせるのであった（「行幸」巻）。

「肌」という性器

肌が重んじられるのは、女だけではない。主人公の源氏は再三、その肌の美しさが称えられているし、彼の孫の匂宮《におうみや》も、美しい肌の持ち主だ。

「匂宮」巻以降は、源氏亡きあとの子孫たちの世界である。

とくに宇治を舞台とする「橋姫」巻以降は「宇治十帖《うじじゅうじょう》」と呼ばれ、源氏と女三《おんなさん》の宮《みや》の子（実父は柏木《かしわぎ》）の薫と、源氏の娘・明石の中宮と今上帝の子である匂宮が、宇治の八《はち》の宮《みや》の姫たちと関わる様が描かれる。

物語最後のヒロイン浮舟《うきふね》は、八の宮の認知しなかった劣り腹の三女で、薫の愛人となるのだが。それ以前に、匂宮は、妻の中《なか》の君《きみ》を住まわせていた二条院に滞在中の浮舟を、新参女房と勘違いして犯そうとして失敗。以来、浮舟を忘れられずにいたところ、薫の愛人となっていることを知り、薫を装って浮舟を犯してしまう。今なら大変な犯罪だが、匂宮と初めて寝た浮舟は、

「薫の大将殿をとてもきれいで、こんな人はほかにいないと思っていたけれど、きめこまかにつやつやとして、気高い美しさは、宮のほうが段違いでいらしたのだ」（「浮舟」巻）

と思っている。

この浮舟も、

「きめこまかで可愛らしい面差しが、化粧を念入りに施したかのように、赤くつやつやとしてい

る」（「手習」巻）

とされる肌の美しい人だ。

源氏は『源氏物語』で最も性のシーンの多い人だし、紫の上は、藤壺とセックスできない源氏が、「あの人の御代わりに、明け暮れの慰めに見たい」（「若紫」巻）と手に入れた女である。

浮舟と匂宮も、甘く激しい性で結ばれていた。

『源氏物語』では、美しい人は肌も美しいというパターンだが、とくにセックスの比重が重い人物ほど、肌の美しさが強調される傾向にある。

なるほど、局部の結合だけなら、ただの交尾である。肌と肌の絡み合いにこそ、ヒトのセックスならではの醍醐味が潜んでいるわけで、肌の美しさを重んじる『源氏物語』は、いくつになってもいつでも発情期にあるヒトならではの、深い欲望を感じさせてくれる。

『源氏物語』を読んでいると、肌は性器だ、と実感させられるのだ。

3―感じる聴覚

セックスでは、聴覚も大きな要素である。

「好きだよ」とささやく声はもちろんのこと、闇の中を近づいてくる男の衣ずれの音……「あの人だ」と高まる期待で、濡れそぼることもあろう。

当然、『源氏物語』でも、聴覚にまつわる記述は多い。

源氏が藤壺の寝所《しんじょ》に近づくシーンでは、源氏は、わざと衣ずれの音をさせて、自分の存在をアピールするし、逆に宇治十帖の薫は、浮舟を覗き見する際、相手に悟られないように、音のしやすい衣類を脱いで、直衣《のうし》（上流貴族の平服）と指貫《さしぬき》（袴の一種）だけになる（「宿木」巻）。覗きのために服まで脱ぐんだから、かなりのヘンタイぶりであろう。

声で惚れる、声に惚れる

聴覚ということでいうと、今よりもずっと闇の時間の長い平安時代には、声は姿以上に、相手を認識するための手段として力を発揮していた。

源氏が朧月夜《おぼろづきよ》と初めて巡りあったのは、宮中での桜のお花見の宴会が果てた、夜の細殿だった。藤壺に逢えぬかとうろつくものの、どこも戸口は閉ざされている。それで隣の弘徽殿に移ると、戸口が一つ開いていた。そこから中に入った源氏は、

〝朧月夜に似るものぞなき〟（「花宴」巻）

と、歌いながら近づいてくる人影に気づく。源氏が朧月夜に惹かれたのは、姿形が美しかったからではない。そんなのは暗くて見えないわけで、鼻歌を歌う彼女の声が、

「とても若くてきれいな声で、並みの身分には聞こえなかった」（〝いと若うをかしげなる声の、なべての人とは聞こえぬ〟）

から。源氏は朧月夜の声だけで、「この人と寝たい」と思ったのだ。

声を聞いただけで、女の身分や魅力を推し量るんだから、人間センサーもいいところだ。平安貴族の男性は、力仕事もしなけりゃ武道もあまりしない。でもこういうところで体を使っていたのかもしれない。

朧月夜のほうも、事情は似たようなもの。知らない男に暗がりでいきなり抱きすくめられた彼女は当然、ものすごく驚いて、恐怖に震えながらもやっと、

「誰か来て」

と言う。すると男は、

「私はすべての人に許された身だから、人を呼んでも無駄ですよ。静かにして」

と言う。その声で、

「源氏の君なのだ」

と分かり、少し安心する。彼女は以前に宮中のイベントなどで彼の声を聞いていたのだろう。だから、源氏の声が聞き分けられた。そしてあの有名な貴公子なら、と考えたのである。

〝わびし〟(困った)

と思いながらも、

「情けの分からぬ、頑なな女に思われたくない」

と思った彼女は、源氏を拒み通すことはなかった。源氏は、

「可愛いな」

と思いながら夜が明けた。

そして彼女の素性を聞くが、相手は答えない。扇だけを逢瀬の証拠に取り替えて別れたのだった。

源氏が再び朧月夜と巡りあうのは、桜の花見から一月後。右大臣家での藤の花見の宴席でのことであった。

人前に姿を見せない高貴な朧月夜を「あの夜の人だ」と源氏が探し当てたのは、几帳越しに聞こえた声を頼りにしてのことだ。右大臣家の姫たちのいる場所へ行って、

〝扇を取られて、からきめを見る〟

と、流行歌『催馬楽《さいばら》』の「石川」を替え歌にして、口ずさみながら近づいたところ、見当外れの返答をする者のいる中、何も言わずに、ただ時々ため息をつく人がいる。そちらのほうへ寄りかかり、几帳越しに手をとらえ、歌を読みかけると、返歌をした〝声〟はまさしく朧月夜のものであった。

彼女との関係は〝声〟に始まり、〝声〟で正体をつきとめたわけである。

声が似ている、声を似せる

声は親子や兄弟で似通っていることが多い。『源氏物語』はそんな事実を巧みに物語で利用してもいる。

源氏は空蟬とその弟の会話を立ち聞きした時、しどけない寝ぼけ声が実によく似通っているので、

「きょうだいだな」（「帚木」巻）

と判断しているし、養女として引き取った玉鬘（亡き夕顔と内大臣＝昔の頭中将《とうのちゅうじょう》の娘）と初めて几帳越しに対面した時、ほのかに聞こえる彼女の〝声〟が、

「亡き夕顔にとてもよく似て若々しい感じだ」（「玉鬘」巻）

と思っている。

しかし声による思いこみは、時に人の判断を狂わせることもある。

「オレオレ詐欺」などがその例だが、『源氏物語』にも声を使った悪事が描かれている。

宇治で薫に囲われていた浮舟を、匂宮が犯した時も、声がポイントになっている。

宮は人々が寝静まった深夜に浮舟のいる寝殿の格子を叩き、

〝もとよりもほのかに似たる御声〟（「浮舟」巻）

を、いっそう薫の雰囲気に似せ、浮舟の侍女をだまし、浮舟の寝所に侵入する。

そして、浮舟を、

「声さえ立てられないようにして」（〝声をだにせさせたまはず〟）

犯してしまう。

その後、匂宮は、

「一瞬でもあなたに逢わずには死んでしまう」

というほど浮舟に焦がれ、薫のクールな態度を見馴れた浮舟も、

「情愛深いとはこういうことを言うのだろうか」

と、すっかりなびいてしまうものの、普通に考えれば、これは立派な犯罪だ。

そういえば、『紫式部日記』によると、紫式部は宮廷では、仲良しの女房と自分の二つの局を一つに合わせて、同じ部屋にいたのだが、それを知った道長《みちなが》に、

「互いに知らない人を誘い入れたらどうする」などと笑われている。相手の恋人を間違えて招き入れてしまったら、どうする？　というわけだろう。

今と違って電気もない平安時代の闇の深さを思えば、実際、そういうこともあったかもしれないし、それを逆手にとって、「俺だよ」などと訪ねてきた別の男に犯された女房もいたのかもしれない。しかしそれが匂宮のような素敵な男ならともかく、ひどい思いをした女房も少なくなかったのではないだろうか。

声のもつ底知れぬ怖さ

声でその人と思いこんでいたら、姿を見たら別人だった。ということがあるのが声の恐ろしさで、童話『狼と七匹の子山羊』も、こうした怖さで成り立っていよう。灯りの発達していなかった前近代には、声で判断するといった局面が多かったからこそ、声による勘違いといった文脈も多かったのだ。

そういう意味でも「百聞は一見にしかず」であったわけだが、しかし、姿を見たらその人なのに、声を聞いたら別人だったとしたら、声にだまされるよりもさらに恐ろしいのではないか。『源氏物語』には、そんな怖さも描かれている。

源氏の正妻・葵《あおい》の上《うえ》は、お産を間近に控え、物の怪のために苦しんでいた。彼女の親たちは物の怪退散の祈祷をさせるが、どんな尊い験者《げんざ》の祈りにもびくともしない執念深い物の怪があった。それがさすがに音を上げて、

「少し祈りを和らげて下さいませ。源氏の君に申し上げたいことがある」（「葵」巻）

と言う。物の怪に憑かれた葵の上が言っているのだ。

源氏が、葵の上の枕元に近づくと、白い着物に黒髪の色が鮮やかに映え、

「これでこそ可憐で優美な美しさが加わった」

と源氏の目には映る。そして妻の手を握り、

「ああひどい。私をつらい目にあわせないで」

と泣くと、ふだんはとても気づまりで、こちらが気後れするほど気高いまなざしの妻が、今は、だるそうに夫を見上げ、じっと見つめていたかと思うと、両目から、見る見る涙がこぼれ落ちる。

あまりにひどい泣きようなので、

「残される親のことを思い、またこうして自分を見るにつけても、名残惜しく思うのかな」

と源氏は思い、

「そんなに思いつめないで。悪いようにはならないよ。たとえどうなろうとも、来世できっとまた会える。父大臣や母宮なども、深い縁で結ばれた仲なのだから、また巡りあうことができますよ」

と慰める。すると葵の上はこう言うのである。

「いえ、違うのです」(〃いで、あらずや〃)

と。

「私自身がとても苦しいので、祈祷をしばらくやめていただきたいと申し上げようと思いまして。こんなふうに参上しようとは思ってもみなかったのに、もの思う人の魂は、なるほど、さまようもの、でした」

そう、なつかしそうに言う声と気配が葵の上とは思えぬほど変わってしまっている。

「これはおかしい」と、源氏が思いを巡らすと、誰あろう、あの六条御息所《ろくじょうのみやすどころ》の声と気配ではないか。

源氏が妻だと思って話をしていた女の中身は、六条御息所の生霊に乗っ取られていたというわけだ。

顔や体は葵の上でも、声や気配を六条御息所にすることによって、形にならない物の怪の正体が、暴かれる。そんなミステリーホラーなタッチに、千年前の読者は、鳥肌を立てたに違いない。

性と生を支える音

王朝「絵巻」と形容されるように、視覚的なイメージが強い『源氏物語』にも、思いのほかに「音」の要素が大きいことが、改めて思い知らされる。

電気もガス灯もない平安時代。闇の中に聞こえる声や音は、「性」だけでなく、人の「生」全体を支えていた。かがり火をたき、夜通し宴会に興ずることもある貴族よりも、庶民のほうが、その度合いは強かったろう。

『源氏物語』には、人が生きることによって発する、様ざまな生活音も、繊細に織りこまれている。とくに庶民の暮らしは、ほとんど音だけで描かれている、と言っていい。

源氏の出向いた場所としては、珍しく庶民の小家がひしめく、夕顔の宿に泊まるくだりは、見事に音のオンパレードだ。

庶民の朝は、早い。

暁近くになると、隣近所は目を覚まし、

「ああ、えらく寒いねえ」(「夕顔」巻)

「今年は商売も頼みにならなくて、田舎への行商も期待できないから、心細いったらないよ。北隣さん、聞いてるかい?」

などと言い交わす声が聞こえてくる。

〝ごほごほ〟と、雷よりもおどろおどろしく踏みとどろかす唐臼《からうす》の音も、枕元で音を立てているようなうるささだ。やがて、あちらこちらから、かすかに響きわたる、白栲《しろたえ》の衣《ころも》を打つ砧《きぬた》の音。空を飛ぶ雁《かり》の声。小さい庭に、虫が鳴き乱れているのが、耳に押し当てているように聞こえるのも、ふだんは広々とした屋敷の中で聞く、間遠な虫の音に馴れた源氏にはもの珍しい。

ここには、衣ずれの音や、かすかな風の音といった貴族的な音とは違う、生活音がある。夜明け前から、押しあいへしあいしながら働かざるを得ない庶民の素顔がある。

しかし、源氏は夕顔と「もっと打ち解けて逢いたい」と思い、

「さぁこのあたりの近くで気楽に夜を明かそうよ。こんなところにばかりいてはとても疲れてしまう」

と誘う。その、音の少ない廃院で、夕顔は変死してしまうのだ。

ものを食べても、寝ていても、人は生きている限り、音を出さずにはいられない。音は、活気であり、「生きること」の象徴でもある。ということを、夕顔の死のいきさつは、物語っている。

だから、源氏は、死んだ夕顔に、

「私にもう一度、〝声をだに〟(せめて声だけでも)聞かせて」

と言い、〝声〟(音)を期待した。そして、もの言わぬ夕顔を前に、

〝声も惜しまず泣きたまふこと限りなし〟

という源氏を、紫式部は対照的に並べた。「死んだ者」と「生きる者」を、音を「出す者」と「出さぬ者」の違いとして、見事に書き分けたのである。

4—感じる嗅覚

音が生の象徴なら、においには死がつきまとう。

死は腐敗であり、腐敗には強烈なにおいが伴うからである。

けれど人は、生きている時も、死と切り離されているわけではない。

体の中では細胞が絶えず死にかわり生まれかわりしているわけで、生きていたって、人の体の中で「死と生」がくり返されている。

それが新陳代謝というもので、うんこをしたりおしっこしたり、汗をかいたりする。そして、そんなにおいがヒトにはつきまとっている。

人の体がにおうのは、人間が、死と一つながりである証しなのだ。死んだ人が強烈ににおうのは、「本体」の死で、細胞の死が頂点に達するからなのだ、と思う。

平安貴族は、においにまつわる死の影を「穢れ」として忌み嫌っていたためか、とにかく体のにおいを消そうとした。で、着物には香をたきしめていた。とくにデートの前は念入りだったようで、『源氏物語』でも、無骨な鬚黒《ひげくろ》大将が、着物に香をめいっぱいたきしめて、袖の中にまで小さな香炉《こうろ》を入れるなどして玉鬘に会いに行こうとして、旧妻の嫉妬を買い、灰がたっぷり入った香炉をぶちまけられている。

また『源氏物語』成立の一世紀ほど前に実在した、平中《へいちゅう》と呼ばれる色好み（平定文もしくは貞文）は、畳紙《たとうがみ》（懐紙）に香薬を忍ばせ、デートの時は口に含んでいた。これも妻の嫉妬で、ネズミのフンとすり替えられ、デートから帰った平中は、ツバを吐いて寝こんだという、実話とも作り話ともつかないエピソードが残されている。（『古本説話集』上 十九）

この平中は、紫式部の時代にはすでに伝説化したほどの「好き者」で、『今昔物語集』巻三十第一や『宇治拾遺物語《うじしゅういものがたり》』五十では、女に振られて、

「この人のイヤなところを見て、嫌いになろう」

と、女の便器を奪うことになっている。当時の貴族は、箱や壺に用を足し、あとで下女に川などに捨てに行かせていた。その下女を襲って便器を奪おうというのだ。うんこを見れば幻滅できると思う男心が凄まじいが、箱を開けたとたん、あたりに香ばしい香りがたちこめたという話の運びも凄まじい。排泄物のにおいではない。箱の中には、濃く煎じた香料と香木がつまっていたのである。

「便器を人に見られるなんて、誰が予想するだろう。なんて心ある人なんだ」

と、男の思いはますますつのって、逆効果になったのであった。

『源氏物語』から話がそれてしまったが、便器に高価な香料を入れて、汚臭を消す、あるいは汚

物に見せかける、という発想、それを「心ある人」と感動する感性が、当時、あったことが面白い。あるいは、あばたもエクボじゃないが、恋をすれば、臭いうんこも香木に見まがうという、心理を物語っているのだろうか。

紫式部と同時代の源信《げんしん》(宇治十帖の横川《よかわ》の僧都《そうづ》のモデルとして名高い)による『往生要集《おうじようようしゆう》』には、

「人間はどんなに美しく装いを凝らした外見であっても、内側にはただもろもろの〝不浄〟(穢いもの)をつつんでいることは、美しく彩色した瓶に〝糞穢《ふんえ》〟を盛っているようなものである」(巻上)

とある。

だから穢れに満ちた生を厭い、浄土を目指そうというわけだ。

平安貴族の香りへのこだわりには、こうした当時の仏教的な考え方が、影響していたように思う。

人工的な『源氏物語』のにおい

さて。

話を『源氏物語』に戻すと、『源氏物語』にはにおいが満ちている。

それも、自然のにおいじゃなくて、自然のにおいを消すための、人工の香《こう》のにおいである。着物にたきしめた薫物《たきもの》の香りである。

もちろん、「人工」といっても、プラスチックのような人工ではない。素材は香木などの天然ものだし、ちゃんと季節にあわせた香りがあって、

「今時分の風にあうものといったら、これに勝るにおいは、ありますまい」(「梅枝」巻)

と、源氏の異母弟の螢宮《ほたるのみや》が、源氏の催した「薫物合《たきものあわせ》」で、紫の上の調合した香りを褒めるシーンもある。季節ごとの香りがあるとは、当時の貴族がいかに香りに気合いを入れていたかが分かる。

香りが高貴な人のシンボルでもあることは、源氏の訪れが、まず、さっと漂う香りで周囲に悟られることからも知れる。受領の妻の空蟬を抱き上げたのが源氏であることが、侍女にバレたのは、

「物凄く香りが満ちて、顔にも漂いかかる感じがした」(「帚木」巻)

からだ。

忍び寄る彼に藤壺が感づいたのも、明らかに源氏と分かる香りが、

〝さと匂《にほ》ひたる〟(さっと香り立った)(「賢木」巻)

から。

貧乏すぎて、まともな衣装もない末摘花《すえつむはな》でさえ、香りを身につけていた。源氏が彼女のブスぶりをまだ知らぬ頃、彼女がこちらにいざり寄って来るとともに漂う〝えひの香《か》〟(衣服などにたたみこむ粉末の香料)に、ひどくそそられたものだ。(「末摘花」巻)

宇治十帖で自殺未遂した浮舟が尼僧に助け出された時、「香りは物凄く香ばしく、どこまでも気高い様子である」（「手習」巻）とあることからしても、香りは身分の高い人だけに許された「贅沢品」であり、貴族にとっては、つける人のセンスを表す「日用品」でもあったのだ。

だから、香ばしい香りが漂ってきたら、「高貴な人が近くにいる！」と、人は緊張したのである。その香りは人によって、また人の体臭と合わさることで微妙な違いを見せ、高貴な人は、自分のオリジナルの香りをもっていたりもした。

先の「薫物合」は、源氏が、娘・明石の姫君の入内《じゅだい》に先立って、実施した「香りのコンテスト」である。ここで上位に上がった品々を、後宮の殿舎で使う、いわば輿入れ道具に持たせようという腹づもりなのだ。もっとも当時の天皇妃には、「輿入れ」という感覚はない。

「入内」すなわち「内裏に入」り、そこで割り当てられた殿舎で、ミカドのお越しを待つ。いわば、内裏内で「妻問い婚」が行なわれていたわけだから、「輿入れ」道具とか「嫁入り」道具と呼ぶのは妥当じゃないのだが。

ミカドがお越しになるのはどういう時かというと、メインは「セックスする時」だ。そしてこれこそが、娘を入内させる目的だ。娘とミカドをセックスさせて、生まれた皇子を即位させ、その後見役として、皇子の母方一族が政権を握る。

ミカドにうんと可愛がってもらって、お父さんに権力を握らせておくれ……というのが外戚政治なのである。

だから、入内したらとにかくミカドに来てもらわなければならない。それにはミカドが来たくなるような雰囲気作りと、魅力作りをせねばならない。で、清少納言や紫式部、和泉式部のような評判の才女や美女を、娘の周りに侍《はべ》らせる。

もちろん、肝心の娘自身を磨き立てるのは言うまでもない。

薫物は、娘を引き立てる道具の一つなのである。

うっとりするような香りで娘を包むことで、ミカドに「この人はなんて趣味のいい女なんだろう」と思わせる。「またこの部屋に来たい」「ああ寝たい」と思わせる。貴族にとってミカドは、一族に栄華をもたらす「タネ馬」で、娘を取り巻く女房たちや、薫物を含めた調度品は、馬をおびき寄せる「にんじん」のようなものなのだ。

移る香りのエロティシズム

娘の「性」、娘と結婚するミカドの「性」が、政治を動かす原動力として重要な役割を担っていた当時、人を恍惚に誘う薫物の文化が発達したのは、当然と言える。

それだけにその製法は「企業秘密」のように伏せられていた。

先の薫物合では、源氏をはじめ、朝顔《あさがお》の姫君《ひめぎみ》、紫の上、花散里《はなちるさと》、明石の君といった面々が、それぞれ香り作りに挑むが、作業の時は製法が漏れぬよう、ごく限られた召使だけに手伝いをさせた。各自、秘伝の香りがあったのだ。

香水をつける習慣になかなか馴れない現代日本人とは大違いの、こだわり方にも見えるが、当時の香りは、直接肌につけるのではなく、肌に移すものだった。香料をいぶす香炉の上に籠をかぶせ、その上に着物をかけて、香りを移す。香りのしみた着物を着ることで、体に香りを移す。その「移り香」を楽しむものだった。

この「移る」という香りの性質が、『源氏物語』では、実にエロティックな役回りをする。宇治十帖ではとくにそうである。

源氏の物語が光で象徴できるとしたら、宇治十帖は香りで象徴できる。

そもそも、〝光る源氏〟の跡を継ぐ、宇治十帖の二大ヒーローが、薫と匂宮と呼ばれることからして、香り高い。この設定が、「光と香りを体から放つ仏」というのを意識しているのは間違いなかろうが、とくに香りにまつわる宇治十帖のエピソードはエロスに満ちている。

宇治十帖は、なぜ男の香りに満ちているか

宇治十帖の香りは、薫が、宇治に住む八の宮の姫君姉妹と出会うところから、漂い出す。

薫が、〝俗聖《ぞくひじり》〟とあだ名される不遇の八の宮と親しくなってから三年目の秋。宇治へ向かう薫は、

小さな川の流れを踏みしだく駒の足音も立てないようにと忍んでいたものの、「隠しようもない御香りは、風に従って、古歌にうたわれる〝主《ぬし》知らぬ香〟が漂っていると、驚いて目を覚ます家々があったのだった」（〝隠れなき御匂ひぞ、風に従ひて、主知らぬ香とおどろく寝覚めの家々ありける〟）（「橋姫」巻）というほどで、いくら忍んでも香りは隠せなかった。

作者別人説もある「匂宮」巻によれば、薫はその身にこの世のものとは思えぬ芳香を漂わせていたというから、これは人工の香りではないのかもしれないが、少なくとも「橋姫」巻以降の宇治十帖では、そうした非現実的な設定ではなく、高貴な人の象徴たる香りに包まれた薫の貴族性・都会性を表している。

そんなふうに道中の村人を香りで驚かせながら八の宮邸を訪れた薫は、琴や琵琶の音色にそそられる。そして八の宮が不在と知ると、

「音色をしばらく隠れて聞けそうな物陰はないか」

と、宿直の者に頼んで、姫君たちを覗き見る。

そのうち「どなたかおいでです」と知らせる人がいたのか、簾を皆おろして姫君たちは奥に入ってしまう。

改めて挨拶をした薫に、姫君たちは、

「不思議にいい香りの風が吹いてくるとは思ったけれど、人が来るとは夢にも思わなかった折だ

から気づかなかったんだわ。なんとうかつなことよ」

と恥ずかしがった。ここから、薫と大君《おおいぎみ》・中の君姉妹との親交がスタートするのだが（薫は大君に惹かれる）、あとはもう堰《せき》をきったように、香りが流れ出す。

八の宮死後、中の君は、姉の大君の体に残る〝ところせき御移り香《が》〟（大仰なまでの移り香）がごまかしようのないほどなので、

「やはり薫の君と何かあったのだわ」（「総角」巻）

と思いこむし（実はこの時、薫は大君に添い寝するものの、いわゆる実事はなかったのだが）、匂宮に犯された中の君は、正式な結婚が成立する三日目の夜を過ごした朝には、彼の「名残がとどまる移り香」（〝なごりとまれる御移り香〟）を人知れず〝あはれ〟に思う。

さらに大君が死ぬと、薫はその髪をかきやって、さっと漂う香りがありし日のままに懐かしく香ばしいにつけても、

「またとない人だった」

と嘆き、姉の死を機に、匂宮に妻として引き取られた中の君は、匂宮不在の折、訪れた薫の〝御移り香〟のため、薫との関係を疑われてしまう。

亡き源氏の孫で、色好みの匂宮は香道の達人という設定だった。だから「これは薫の香りだ」とすぐにピンときて妻を問いつめるが、妻は疑惑を否定する。実は彼女は薫に犯されこそしなかったものの、明け方まで添い臥され、妊婦の腰帯にも触れられて、

〝御移り香のいと深くしみたまへる〟（「宿木」巻）

という状態になっていた。それで下着類まで着替えていたのである。にもかかわらず、薫のにおいは、中の君の意に反して、不思議と身にしみこんでいたのだ。

「こんなんじゃ最後までいっちゃったんでしょう」（〝かばかりにては、残りありてしもあらじ〟）

匂宮はしつこく妻を責め、とうとう泣かせてしまう。その泣き姿の愛らしさに、匂宮は、

「こんなんだから、男に好かれてしまうのだ」

と一緒に泣いてしまうのだった。

このように、宇治十帖では、移り香が様ざまにエロティックな憶測を生んでいるのだが、そこには不思議と女の香りは少なく、ほとんどすべてが男の香りである。

男が訪れる時、におい立つ香り、去ったあと女の身に残る香り……男の移り香に、女が男をしのんだり、夫が別の男の影を邪推するという設定は、夫婦が同居しない、妻問い婚が基調になった古代ならではのエロスのあり方を示すものだと私は思うが、宇治十帖ではこのパターンが異常に多い。

宇治十帖の男たちは、何が不安なのか、訪れる家々の女ににおいをつけまくる。電信柱におしっこをして縄張りを示す犬と同じで、「こいつは俺の女だ」とでも言うように。そして、女に自分以外の男のにおいがついていると、「クンクン、これは、どいつのにおいだ？」と、女の周囲を

かぎまわる。

つまり「これは私のモノだ！　とるな！」と、声を大にして叫ばねばならない状況が、そこにある。

こう考えると、宇治十帖の香りの深さは、夫婦別居婚から同居婚へ移る「過渡期」ならではの、恋にまつわる強い猜疑心の表れ、かもしれない……とも思える。別居が基本の妻問い婚なら見すごされていた、相手の細かな浮気の兆候を、いちいちチェックできるがゆえに強まる不信感の表れである、と……。そういえば、夫にさんざん薫との仲を責められた中の君の結婚は、妻問い婚ではなく、夫の用意した家に引き取られるという、元祖・嫁取り婚だった。

宇治十帖で、男の香りが強調されるのは、「これは俺の女だ」という男の思い、つまり「妻は夫の所有物」という父系社会的な観念の強まりの、一つの表れとして読むこともできるかもしれない。

消えない香りが女を悩ます

話を源氏の物語に戻して、六条御息所の生霊にまつわる香りについて考えてみたい。

「感じる聴覚」（↓3−3）でも紹介した葵の上をとり殺すシーンだが、葵の上側では、葵の上の声が御息所になることで(少なくとも源氏にはそう聞こえた)、生霊の恐怖が明らかにされていた。

その一方で、御息所のほうでも、ものすごく恐ろしいことが起きていたのである。

というのも御息所には、自分が生霊になった時の記憶がない。ただ時々ふっと気が遠くなって、気がつくと、髪や衣装に身に覚えのない「芥子《けし》の香り」がしみついている。これは怖い。

なぜなら、芥子の香りというのは、悪霊退散の祈祷に使う護摩《ごま》の香りだからである。それが、自宅にずっといるはずの御息所にしみついている。ということは、魂が知らぬまに葵の上のもとへ行き、そこで退散させるべき悪霊として扱われていたことを、物語っているのである。

「おかしい」と思った御息所は、髪を洗い、服を着替えてみるが、においは消えない。これによって御息所は、「世間では、私や私の亡き父の霊が、葵の上を苦しめていると噂しているけれど、噂は本当だったんだ」と気づく。

「生霊」というオカルト的なモチーフに、こうした実証的な説明を加えることで、ぞくぞくと体に感じるリアリティを実現してしまう紫式部の手腕は見事としか言いようがない。とくに「服を着替えても髪を洗っても」というくだりは、焼き肉のにおいが髪や服に付いて困ったことのある人には、いっそうリアルに感じられるだろう。煙でいぶしたにおいというのは、本当に取れない。こうした細部のリアリティが、ますます読む人を引きずりこんでいくのだ。

印象的なのは、においを消そうと髪まで洗う、御息所の焦りである。

当時、洗髪は、前もって日を決めて行なうほどのイベントだった。一メートル以上もある長い髪、しかも美人の象徴と言われた大事な髪を損なわずに洗い上げるのは、一日仕事だった。その大仕事をわざわざする。そうまでして消したかったにおいは、消えない。すべてを悟った御息所は、我ながら自分が不気味になる。

「まして世間は」と考える。

「自分でも不気味なんだから、こんなことが世間に知れたら、どう言われるか思われるか」（「葵」巻）と。

そして、「誰にも言えない」と、心一つに思い悩むうち、ますます自分が自分でなくなるような気持ちが強くなる。

これはかわいそうだ。

だって、御息所は、

「我が身一つの嘆きよりほかに、人が不幸になってしまえと願う気持ちもなかった」と思っていたのだから。

ただ、夢の中では葵の上と思しき女性を激しく引きずり回し、葵の上の出産を知ると、「よくもまあ、ご無事で」（〝たひらかにもはた〟）と、ちらりと思ったりはした。ただそれだけだ。それだけで、魂が勝手に、弱った女の命を追いつめ、ついには奪ってしまう。しかも、そのことを源氏は気づいているらしい。

ああイヤだ。さぞ浅ましく思っているだろう。私のことをとことん嫌いになったろう。源氏のことなど忘れてしまえたらどんなにいいか。そう御息所は願っただろう。

でも、できない。

五年以上にわたるつきあいで、貫かれた粘膜の細胞にまで、愛撫された皮膚の一つ一つの毛穴にまでもしみとおってしまった男の痕跡は、消すことができない。洗っても洗っても取れなかった芥子の香りのように……。

光景が目に「焼きつく」という言葉があるが、男の香りとともに、愛の記憶が、体に、焼きつく。焼きつけた男は、不仲と聞いていた正妻と子をもうけていた。そこで御息所は、浮気して帰った夫や妻がシャワーを浴びるように、髪を何度も洗うことで、「愛された痕跡」を消そうとした。

六条御息所にしみついた祈祷の護摩の香りは、ぬぐってもぬぐいきれない、源氏との性愛の記憶を象徴しているのだ。

死に彩られたエロスのにおい

『源氏物語』の香りは、男が女の体に残す、性の痕跡を表している。

だから斎宮女御《さいぐうのにょうご》（のちの秋好中宮《あきこのむちゅうぐう》）は、敷物に残る、源氏の移り香をイヤらしく思う。

斎宮女御というのは、六条御息所と前東宮との間にできた子で、御息所亡きあと、源氏の養女となって冷泉《れいぜい》帝に入内した。その彼女が養父の源氏の屋敷・六条院（六条御息所の所有の敷地を拡大して造成された）に里下りした時、源氏から、

「あなたを思って我慢できない時もあるのです」(「薄雲」巻)

などと恋情を訴えられたのだから、戸惑わぬわけがない。相手は義理でも父親だ。死んだ母の恋人だ。しかも亡き母・御息所は源氏に、

「娘のことを決して色めいた筋の対象として考えないで下さい」(「澪標」巻)

と遺言の際、念押ししていたのだ。

イヤだ、不愉快だと奥に引っこんでしまうのも無理はない。

源氏はため息をついて退場し、あとに香りが残される。周りの女房たちは、

「このお座布団の〝移り香〟、なんとも言えないわねえ」

「なんでこうも完璧なんでしょう」

と騒ぐ中、斎宮女御だけは、

〝うちしめりたる御匂ひのとまりたるさへ、うとましく思さる〟(「薄雲」巻)

という心境になる。

「あーイヤだ、あの落ち着いた雰囲気も、しめったようなこの香りも」

と、激しい嫌悪感を覚えているのだ。

香りのもつエロティックな意味をたどれば、あたしはあなたの妻でもないのに、あたしの部屋に勝手に香りを残さないでちょうだい！　という気持ちが導き出されて当然だ。

イヤな光景は目を閉じれば見ないで済む。イヤな音も耳をふさげば聞かずに済む。でも、にお

いだけはそうはいかない。鼻からなだれこんでくる。うとましい香りを残されることは、それだけでも暴力的なのに、まして香りの主との性的関係を疑われるような当時にあっては、名誉毀損ものだろう。

そう思うと、死んだ大君の髪のにおいをかいだ薫の行為も、すごくエロティックだ。「見ること」が限りなく「セックス」に近かった当時、死に顔をまじまじと見るだけでも意味深なのに、ましてにおいまでかぐなんて。そして、死んでも残る恋しい人の面影のように、死後も漂う香ばしい香り……。

それほど意思とは裏腹に、香りは流れていく。目をつむっても耳をふさいでも逃れられない。ときに思いがけない形で襲いかかってくる。

まるで、死のように。

宇治十帖が香り高いのは、女に対する男の所有観念の強まりのためだけでなく、それが、きわめて死に近い世界だからかもしれない。そしてだからこそ、エロティックなのだろう。

5—感じない味覚

このように、五感すべてに、いたらぬところのない『源氏物語』……と言いたいところだが、一つだけ例外がある。この項の主題「味覚」に関する描写である。

『源氏物語』には、食べ物の話がほとんどないうえに、食事のシーンも極端に少ない。

これは当時の食文化が貧しかったというよりは、「食べ物の話は卑しい」という根強いイメージが貴族の間にあったためだろう。

『宇治拾遺物語』十三にはこんな話がある。桜の花が散るのを見て泣く〝田舎の児《ちご》〟が、「なぜそんなにお泣きになるのです。桜は散るのが当たり前」とそっと寄って来た僧に慰められると、

「桜が散るのはどうでもいいが、田舎の父が作る麦の花が散って、実ができないんじゃないか、と思うとつらい」

そう言って、いっそうわんわん泣いたので、〝うたてしやな〟(がっかりさせるぜ)と評されている。

寺の稚児はしばしば男色の対象とされるが、この稚児も僧の男色相手だったのだろうか。それで彼の、色気より食い気っぷりを見た僧は、ひときわ幻滅したのかもしれない。

また、『源氏物語』の中では数少ない食べ物が出てくるシーンとして、数えで二歳の頃の薫が、朱雀院《すざくいん》から贈られたタケノコを何であるかも分からず近寄って、せかせかと取り散らかしてはかじる、というのがある。それを見た源氏は、

「なんて行儀が悪い。困ったもんだ。あれを隠しなさい。食べ物に目ざとくていらっしゃるなど と、口の悪い女房が言い触らしたら、どうする」(「横笛」巻)

と笑っている。貴族が食べ物にこだわる態度を見せるのは、はしたないと思われていたのだ。

清少納言などは『枕草子』にこう書いている。

「宮仕えする女房のもとに来たりする〝男〟が、そこで食事をするのは〝いとわろけれ〟(すごくみっともない)。食べさせる人も腹立たしい。自分を思ってくれる女房が「それでもほら」などと好意を示して勧めるのを忌み嫌うかのように口をふさぎ、顔を背けるわけにもいかないので食べるのであろう。ひどく酔っ払って、どうしようもなく夜がふけてから泊まったとしても、湯漬けさえも食べさせまい。思いやりのない女だ、と男がそれで来なくなったら、それでもいい。実家などで、台所から召使が出した時はしかたがないが、それでさえ、やっぱり、である」(「宮仕へ人のもとに来などする男の」段)

ここで言う〝男〟とは恋人のことで、ただでさえ貴族の美意識にあわない「食」というジャン

ルは、とくに恋愛絡みのシーンでは、卑しく無粋とされた。『宇治拾遺物語』の〝田舎の児〟がことさら幻滅されたのも、そこに「色恋」の関係があったからだと私は思う。男女の恋の苦悩を描く『源氏物語』で「食」が敬遠されたのは、まして当然なのだった。

『源氏物語』の「もの食う人々」

『源氏物語』で何かを食べるのは、分別のない乳幼児か、身分の低い人たちだ。

夕顔の死後、源氏のもとに身を寄せていた侍女の右近《うこん》と、夕顔の遺児・玉鬘一行が十八年ぶりに再会するシーンは、『源氏物語』では数少ない食事どきである。

十七歳の頃、源氏は、夕顔の変死を遺族にも告げず、荼毘に付していた。そのせいで、玉鬘らは来ない女主人を待っていたが、そのうち夕顔の乳母が大宰府の少弐《しように》（次官）になったため、当時四歳になる玉鬘を連れて筑紫《つくし》に下っていた。美しく成長した玉鬘は土豪の求婚から逃れ上京、長谷寺に参詣していたところ、右近に巡りあったのだった。

玉鬘一行の中に見覚えのある面々を発見した右近は、その一人である三条《さんじよう》に声をかけるものの、彼女は右近の呼びかけにも気づかず、

「食べ物に夢中になって、すぐに来ない」（「玉鬘」巻）

と描写される。

この三条は、長い田舎暮らしで、〝いといたうふとりにけり〟(ぶんぶんに太ってしまっていた)。言うことなすことすっかり田舎者になっているのだ。

一方、奥のほうで旅に疲れてぐったりしている玉鬘の食事シーンは描かれない。代わりに、こんな召使らと田舎にいたとは思えないほど、気高く上品である様が強調されている。

彼女の父は内大臣。昔の頭中将だ。玉鬘もその血は争えないということが「食事をしない」という一点で表現されているわけだ。

これとそっくりなのが、宇治十帖で、薫が覗き見した時の浮舟一行の様子である。

右近が玉鬘と巡りあったのは長谷寺詣での最中だが、浮舟も、長谷寺詣での帰りに寄った宇治で、薫に姿を見られている。しかも彼女も、何も食べない。侍女たちが〝栗などやうのもの〟を〝ほろほろと〟食べる傍らで、食欲もなく、ぐったりとして起き上がらない。その、

「差し出した腕が、まろやかに美しいのも〝常陸殿《ひたち》〟(常陸介の継子という受領階級)風情には見えず、実に上品だ」(「宿木」巻)

と、薫は思う。

浮舟は亡き八の宮の劣り腹の三女で、母が受領と結婚したため、受領の継子である。しかし、とてもそんな受領風情には見えないという。実父・八の宮の血筋が色濃く出ているわけだ(ちなみに浮舟の母・中将の君は「ひどく太りすぎているのが〝常陸殿〟に見える」とされ、娘とは対

照的に描かれている。受領階級には「食」や「太っている」といったイメージがあったようだ)。父の血筋はいいものの、ともに「田舎育ち」という当時としては大きなハンディキャップのある玉鬘と浮舟。

この二人の女を読者に紹介する際、紫式部は、いずれも「食べる女房たち」を引き合いに出す。そして彼女たちとは対照的に、女君には何も食べさせないことで、貴公子たちと関わるのにふさわしい、物語の本流に位置する女の品格を、物語る。

そういえば、玉鬘が世間の注目を浴びた同じ頃、玉鬘を実の娘とも知らない内大臣(昔の頭中将)が息子に命じて、自分の落胤を探させたことがあった。その時、柏木が見つけてきた劣り腹の姉妹が〝近江《おうみ》の君〟だった。これがとんでもない娘で、

「〝御大壺《おほみおおつぼ》とり〟…便器処理…でもなんでもやります」

と言ったり、夕霧に色目を使ったり(↓2-2)。こんなキャラクターだから、『源氏物語』では、終始「道化役」としてバカにされ笑われることになるのだが。

彼女の噂が最初にのぼったのは、『源氏物語』では唯一に近い、貴公子たちの食事シーンなのだ(「常夏」巻)。これだけで、当時の読者は、近江の君がいかなる種類の女か、察しがついたろう。

「食事にまつわることは、みんな低次元。できれば食欲なんてないことにしてしまいたい」と考えている貴族たちにとって、食事中に人の口の端にのぼる女というのは、一人前の貴族の数には

入らぬ人間だ。藤壺や紫の上の噂は、食事シーンでは、間違っても出てこない。

恋にもてあそばれる『源氏物語』の主要人物は、「食」からはるかな場所で、苦悩にやつれる運命なのである。

興味深いのは、先の近江の君は、玉鬘と同じように、内大臣（頭中将）の血を引く実の娘であるという設定になっていることだ。その近江の君が、人に笑われるキャラクターというのは、人の品性は「血筋」ではなく「育ち」によると、紫式部が考えていたことを示す。

同時に、同じ〝劣り腹〟（「行幸」巻）の内大臣の娘であっても、源氏が目をつけて養女にした玉鬘は優れ、内大臣が見つけた近江の君は劣っているというのは、源氏と内大臣の優劣という、物語の当初からの構造を浮き彫りにしてもいよう。

食欲不振の女たち

このように『源氏物語』の主要人物は「食」から遠い位置におり、味覚を味わうことがない。

彼らの「食」は逆説的な形、

「食欲がなく、ちょっとした果物、湯水さえのどをとおらない」

という形で出てくる。

そう断言できるほど、『源氏物語』の主要人物は、何かというと、食欲がなくなる。

まだ十歳の紫の上は、母方祖母の死で、

「ちょっとしたものも召し上がらない」（「若紫」巻）

という状態になって、とても面痩《おもや》せするし（それがかえって品良く可愛く見えるというのは『源氏物語』のパターンだ）、源氏に迫られた藤壺は、

「せめて果物だけでも」（「賢木」巻）

と、食欲をそそるように盛りつけて、召使が差し上げるが、

「見向きもなさらない」

と描写されたものだ。

宇治十帖の中の君も、夫の匂宮が、六の君の婿になったため（当時は一夫多妻）、ひどい食欲不振に陥っている。心配した匂宮が、

「珍しい果物を特別にとり寄せたり、料理の名人を呼んで特別に調理させたりする」（「宿木」巻）

が、中の君はとうてい手をつける気にもなれない。

だが。

どんなにつらいことがあっても、やがて腹が減るのが、悲しくもおかしいヒトの性《さが》である。昨日までは御飯に箸もつけなかった紫の上が、今日は絶好調で「おかわり、ちょうだい」なんて記述があってもよさそうなのに、ないのである『源氏物語』には。

しかも、ことさら「食欲がない」と書き立てられるのは、ほとんど女たちなのだ。「感じる嗅覚」

(↓3―4)で、「『源氏物語』の、とくに宇治十帖には不思議と女の香りは少なく、ほとんど男の香りである」と私は書いたが、これとは対照的である。
『源氏物語』にあふれる食欲不振の女たちは、何を意味しているのだろう。

感じたくない味覚、感じたくない性

『源氏物語』の大きな特徴の一つは、登場人物が、実によく病気に冒されることだ。「病気する体」(↓1―1)で私はそう書いた。『源氏物語』の病のほとんどが、ストレスが引き金となっていて、それは時に死にいたる、とも。

そして実は『源氏物語』の死は、これといった病気でもないのに、食欲のなくなる症状が続いた結果、引き起こされることが多いのが特徴だ。

宇治十帖の大君は、父・八の宮の死後、薫に迫られたり、妹の中の君が、強姦されるようにして匂宮と結婚したり、その匂宮が夕霧の娘・六の君の婿になるという噂を聞いたりすることによって、ストレスはピークに達していた。折しも匂宮が雑事に紛れて、中の君への訪れを怠ると、当事者の中の君が楽天的に構えるのとは対照的に、大君は、

「男というのは嘘つきだ」(「総角」巻)

「私も生き長らえれば、結婚してひどい目にあうに違いない」

「せめて私だけでも、男女関係に悩むことなく、罪などが深くならないうちに、死んでしまいたい」と、沈みこむ。すると、気分も本当に悪くなって、ものも食べずに、

「私が死んだら、どうなるのだろう」

などと、明け暮れ死後のことばかり考えるようになる。かくて大君姉妹の後見役の老女によると、

「ここといって痛むところもなく、大きな病気でもないのに、ものをまったく召し上がらない」

「ちょっとした果物でさえ見向きもなさらない」

という容体に陥るのである。

これは、食欲不振というより、一種の拒食ではないか。

大君は、自ら食を拒んだ結果、自殺的な死を遂げた。「感じない味覚」は「感じたくない味覚」であって、現実逃避の手段だった、と思うのだ。

『源氏物語』は、若い女性の拒食を描いた日本初、あるいは世界初の物語かもしれない。

ここで注目されるのは、「男なんて」という拒絶と、「何も食べたくない」という拒食が、セットになっている点だ。

大君は、食を拒むことで、性や結婚といったものを拒絶した。

もちろん、拒食が生まれる前提として、食糧確保が切実な問題ではないという最低限の「豊かさ」があるのは言うまでもない。それ以上に、食べ物の生産過程から完璧にシャットアウトされているから、その有り難みが分からなくて粗末にできる、というのもあるかもしれない。このあ

たり、平安貴族と現代人は重なるところがあるかもしれないし、生きづらさとも重なるものがあるだろう。

拒食症とは、社会的な病理を抱えこんだ、なんとも深刻な病なのである。

『源氏物語』の女たちの食欲がないのは、それだけストレスが多いからで、性的にも不幸なことを意味していると言えよう。

けれど食欲は、性欲と並ぶ二大本能だ。その生きるための欲望を抑えていけば、動物は衰えて死ぬ。そして『源氏物語』では、実際、主要な登場人物がバタバタと死んでいく。源氏の母や祖母、夕顔、葵の上、六条御息所、藤壺、紫の上……源氏の周囲の女たちは次々に死んでいく。死なないまでも、夫婦生活の死を意味する出家を遂げる朧月夜や女三の宮……。その誰もが、源氏との性愛に悩み苦しんでいる。残るは末摘花や花散里という、はなからろくな夫婦生活もない妻や女房たち。しかもこのブス妻二人はがりがりに痩せているという設定だ。

『源氏物語』の食は、限りなく死に近いところに位置しているのだ。

美化される死

問題は、こうした食のあり方が、『源氏物語』では「これでいいのだ！」と、されていることだ。食欲がなくて死にいたる女君の姿は、本当なら、痩せ衰えて、髪もぱさぱさ、生理もなくな

り、肌の艶も失われるというものだろうに、なぜか『源氏物語』では、

「面痩せして、かえって気高い美貌が増した」だの、

「肌は透き通るように白く、可憐な美しさが加わった」だの、

「髪は長いこと、とかしていないのに、一筋の乱れもないほど美しい」

だのと、「痩せても枯れない美しさ」が強調される。こんなんじゃ、痩せたタレントに憧れる若い子が必要以上に痩せてしまうように、貴婦人に憧れて拒食症になる若い子を増やしてしまうのでは？　と心配なほどだ。

一方、玉鬘や浮舟の侍女のような食欲旺盛な人たちは、「デブ」であり「田舎者」である。彼女たちを描く紫式部には、どこか「いい気なもんだよ」的な視線が感じられる。それは、「よくのんきに食べていられるね」という視線であり、「のんきに食べてる場合じゃないでしょうが」という警告のようでもある。紫式部は、食べずに「何をしろ」と言うのだろう？

食の生命力

先に紹介した、薫が浮舟を覗くシーンで印象的なのは、浮舟の美貌にクギづけの彼が、一方で、がつがつと栗を食う女房たちの姿に、興味津々となる様子である。

「こんな女の有様を、見たことも聞いたこともない君の気持ちとしては、気がとがめて、いった

ん奥へ引っこむものの、また見たくなって、くり返し立ち寄り立ち寄りして」（「宿木」巻）

食い入るように覗いてしまう。これは通常、

「はしたない食事シーンを見るのは気が引けるが、浮舟見たさに、何度も覗き見した」

と解釈されるのだが。薫の目を長時間引きつけたのは、大君に似た浮舟の美貌もさることながら、それにもまして、田舎女房たちの乱れた食事シーンだった、と私には思えてならない。

「食＝はしたなく卑しい」という常識の持ち主の貴公子が、女たちの食事シーンを、「イヤだね育ちの悪い人は」などと露骨に蔑むのではなく、

「ここまで見ては、相手に悪いよな」

と遠慮しながら見てしまう。そこが気になるのだ。

浮舟と女房どもを見ながら薫は、さらに、こんなことを考えている。

「自分は、この女より身分の高い人々を、明石の中宮のもとをはじめ、きれいな人も品の良い人も、いろんなところでたくさん目にしてきた。けれど、ちょっとやそっとじゃ目も心もとまらず、あまりに堅物だというので人に非難されるほどなのに、どれほど優れているとも見えないこの女には、どうしてこんなに立ち去り難く、むしょうに惹かれてしまうのか」（「宿木」巻）

と。

それはねぇ、薫ちゃん、女房たちの食事シーンの吸引力で、思いが増幅されているからよ、と私は言いたい。女房たちの食事シーンを見た興奮が、浮舟から受ける興奮とないまぜになって、

気持ちが盛り上がっているのである。

　だから、なのだ。浮舟を覗き見していた時は、

「ああ、死んだ大君とそっくりだ。今すぐにでも、そばに近寄って、大君よ、あなたは生きていたんだね！　と言って、自分の気持ちを慰めたい」

とまで高ぶっていた薫の気持ちは、いざ、二人きりで浮舟と会って、彼女を大君のいた宇治に連れて行くと、その興奮はどこへやら。

「ほどよい感じに顔を隠して、遠慮がちに外を見ている目元などは、亡き大君のことが本当に彷彿されるが、おとなしく、あまりにおっとりしすぎているのが心もとない」（「東屋」巻）

と薫は思い、

「なおもやり場のない悲しさは、むなしい空にも満ちあふれそうなのであった」（〝なほ、行《ゆ》く方《かた》なき悲しさは、むなしき空にも満ちぬべかめり〟）

と、やり場のない悲しさが、心に広がっていく。

　しかし、大君と浮舟が違うなんて、初めから分かりきっていたことではないか。それを覆い隠していたのは、薫が浮舟を覗き見た時の「シチュエーション」だったんじゃないか。つまり、現場に、もしも女房がいなかったら……女房がいても、栗をむさぼり食っていなかったら……これほどまでに彼女に惹かれていただろうか。

　たしかに、薫が好きになったのは、拒食の果てに死んでしまった、大君のような気高く華奢な

女だった。けれど本当のところ、薫が女に求めていたのは、女房たちの食事シーンに見られるような、粗野なまでの「生のエネルギー」と「快楽」であると考えることはできまいか……と言ったら、うがちすぎだろうか。

「食」には、それを「卑しいもの」として切り捨て御免にできないような、強烈な快楽と生のエネルギーが、こめられていると思うのだ。

生き残る階級の予感

食を拒絶した『源氏物語』の女君たちは、食の快楽を拒絶することで、「生きようという欲」を断ち切ろうとしたのかもしれない。それは性を、「自分を不幸にする」として、遠ざけようとした、彼女たちの生き方にもつながっている。

けれど、食や性というのは、生きるための二大本能であるだけでなく、「私は生きている」と実感できる絶好の機会でもあるはずだ。それを否定する女君たちが、病気や死に直面したとたん、泣くわ微笑むわ表情は豊かになるわセリフは増すわ、要するに生き生きしだすのは、まるで、食べることやセックスの代わりに、病気や死で、生きる実感を味わっているかのように見える。生きる実感の「感じどころ」が、マゾ的で後ろ向きなのだ。

こうした高貴な『源氏物語』の女君と違って、長谷寺参詣で消費したエネルギーを取り戻そう

とするかのように、食事に励む女房たちは本当にたくましい。彼女たちにも悩みはあるのだろうが、

「くよくよしたってしかたないじゃん」

と言わんばかりに食べているのを見ると、気持ちが楽になってくる。

実際、彼女たちは、「なんとかなるさ」という人生を生きていた。彼女たちの主な苦悩は「良い主人に巡りあえない」とか「生活が苦しい」などだが、プライドさえ捨てれば、なんとかなる。

一方、高貴な女は深刻だ。とくに都会の貴族は深刻で、『今昔物語集』には「腹いっぱい芋粥《いもがゆ》を食いたい」と言う都会の先輩貴族を、田舎侍が自分の屋敷に案内。芋粥をいっぱい振る舞ったうえ、豪華なおみやげを持たせた話が載っている（巻第二十六第十七。詳細は4-1で触れる）。この芋粥の話にも見られるように、都会の貴族と田舎の豪族の生活の差は、まず「食生活」に現れていた。

都会の貴族たちの中でも、とくに『源氏物語』の女君のような上流階級の女たちは、人に仕えたことがないし、人に踏みつけにされたこともない。没落したら、受領階級など格下の男の後妻になるか、人に仕える女房になるか……それもできないコネのない箱入り娘は、一人、とほうに暮れて死ぬしかない。

しかるに『源氏物語』で、主人公の源氏が選んだ妻たちには、末摘花、花散里、紫の上、明石の君など、没落した女や孤児同然の女、父親があえて没落の道を選び、プライドは高くても低い身分になってしまった女など、「弱い立場」の貴族女性が多い。

一度関係したら決して見捨てぬという設定の源氏が、理想視されるゆえんだが……女たちは、こうした弱い立場であるがゆえに、明石の君のように生んだ子を他の妻に渡さなければならなかったり、紫の上のように出家を阻まれたり、花散里のように夫婦生活がほとんどなかったり、末摘花のように笑いものにされたりしても、離婚できず、我慢しなくてはならなかった。あるいは、貧しい八の宮家の中の君のように、たとえ男と結婚しても、正妻にはなれなかった。

『源氏物語』の高貴な女たちが食べなかったのは、繊細なためだけじゃない。自分たちの「不自由さ」に絶望していたからだろう。

同じように、田舎女房や受領たちが食欲旺盛なのは、意地汚さや鈍感さのためだけではない。没落しようにもその余地がないほど、はなから低い立場にいたために、絶望感にさいなまれずに済んだからであろう。

そして、食べない者は死に、食べた者は生き残る。

受領などの食欲旺盛な階級から、次代を担う武士や豪族が台頭するのは、思えば当然なのである。

なによりも、『源氏物語』を書いた紫式部自身、受領階級の女房という、食欲旺盛な階級だった。それを思うと、食欲不振の貴婦人たちを「美しい」と見る『源氏物語』の視線は、「賞賛」よりも、滅びゆく者への「哀れみ」だったとさえ思える。紫式部が『源氏物語』という傑作を書けたのも、食べる階級ならではの「底力」ゆえ、かもしれない。

第4章

自分の心と体を生きる

1―感じる経済

『源氏物語』の「経済」

平安中期、都会の貴族と田舎の豪族の生活の差は、まず「食生活」に現れていた。

前項で私はそう書いた。

つまり、貴族が「卑しいもの」として触れるのを嫌った「食」のジャンルから、貴族の没落は始まっていた。

源氏の栄華を描く『源氏物語』はまた、そういう没落貴族の惨状と、それをめぐる周囲の思惑を、あますところなく伝えてもいる。

服も新調できず、食べ物もろくに口にできず、がりがりに痩せて寒さに震える皇族の末摘花《すえつむはな》。同じく皇族の八の宮家では、貧乏なあまり、次女・中《なか》の君《きみ》の乳母にも逃げられてしまう。そして、「姫に男をあてがって生活を楽にしよう」と画策する召使たち。

一方、うまいもんをたらふく食べてでっぷり太る成金田舎受領《ずりよう》たちは、こうした皇族の窮乏につけこんで、「世間知らずの姫をだまして召使にしてしまおう」とたくらむ（落ちぶれて受領の妻になっていた、末摘花の母方オバがそうで、姪の末摘花を娘たちの召使にしようとしていた）。さらに、そんな受領の財産を狙い、縁談を進める落ちぶれ貴族の男（宇治十帖《うじじゅうじょう》の浮舟《うきふね》は、はじめそんな左近少将《さこんのしょうしょう》と結婚するはずだったが、浮舟を受領の継子と知った少将は、実子に乗りかえた。ここから薫《かおる》との関係が発展する余地が生まれる）。

『源氏物語』が政治経済と無縁の美しい恋愛絵巻と思ったら、大間違いだ。

とくに、富に動かされ操られるヒトの姿が、えげつないほど浮き彫りにされている。

そもそも『源氏物語』の出だしからして、

「昔むかし、さほど身分の高くないお姫様が、それはそれはミカドに愛されました。でも、これといったスポンサーがないために、嫉妬に駆られた他の奥方たちに意地悪されても文句も言えず、ストレスで死んでしまいました」

といった設定だ。

優雅に見える宮廷生活も、人や富という後ろ盾に支えられてこそ実現しているのであって、それがない人は淘汰されていく……私はそういうスタンスで、この物語を綴っていきますよ。そう紫式部は冒頭で表明しているのだ。そして続く物語では、財力のあるなしで、人の境遇や心というのが、いかに変わっていくか、細かく目を注ぎ続けるのである。

『源氏物語』以前……経済が人を動かす度レベル①

『源氏物語』以前の古典文学にも、主人公を取り巻く経済事情は描かれている。とくに母系的な社会から父系的な社会への過渡期の平安中期、女の地位が低下していたためだろう、没落女性の貧乏ぶりがクローズアップされることが多い。けれど彼女たちは、結局、リッチな貴公子に見いだされ、

「そんな貧乏女など」

という周囲の冷たい目にもめげず、男に愛され、正妻の地位を得る。そして、末永く幸せに暮らしましたとさ、めでたしめでたしと話が収まる。

新婚家庭の経済は妻方で担うのが普通だった平安時代、『源氏物語』以前の経済事情は、

「この女はこんなに貧乏だぞ。それでも、お前はいいのか？」

と、男の愛を試す「踏み絵」にすぎなかった。

そして「経済」よりも「愛」を取った男たちは、お坊ちゃん育ちの色好みから、妻一人を守る強い男に「変身」する。

どこへ行くにも親がついてくるほどの箱入り息子で、しかも色好みだった『うつほ物語』の男君は、貧乏のどん底に沈んでいた「仲忠《なかただ》の母」を妻にして以来、女遊びをぴたりとやめる。また同じく女好きの『落窪物語』の男君は、意地悪な継母によって使用人以下の扱いを受けていたヒ

ロインとの結婚を、

「貴族の子弟は、華やかに妻方にお世話されてこそ今風なのです」

「その方は上流の娘とはいっても、〝落窪の君〟などと名づけられて娘たちの中でもバカにされていた人なのに、こんなにも比類なく大切にするのは妙なことです」（巻之二）

と反対する乳母に、こう反論する。

「落窪だろうが、上《あが》り窪だろうが、彼女のことを忘れまいと思うんだから、しょうがない」

そして、この世に女は一人しかいないように、ヒロインを愛し続けるのだ。

『源氏物語』以前の平安文学では、「愛」が、人を変える。一方で、貧乏という経済面でのハンディキャップが人を変えるのは、せいぜい身なりだけで、本人は痩せも太りもしない。

『うつほ物語』の仲忠の母なんか、貧乏のあまり、熊から譲り受けた木の洞《ほら》（物語のタイトルの由来でもある）に住みついて、猿の運ぶ木の実を食べて生き延びるという、横井さん顔負けのサバイバルな暮らしを何年間もしていた。横井さんというのは横井庄一さんという元日本兵のこと。戦後二十七年間、敗戦も終戦も知らず、一九七二年にグアムの島民に発見されるまで、ジャングルに潜伏して生き続けていた。子供時代、テレビでは連日、報道していて、私世代（一九六一年生まれです）には大変な有名人であった。

仲忠の母はそのような野性的な暮らしをしていたにもかかわらず、男に発見された時は、

「その比類ない美しさは、天女を連れ降ろしてきたのかと驚くほどであった」（「俊蔭」巻）

というのだから、笑ってしまう。そんな暮らしをしていたら、普通、髪はばさばさ、肌はがびがびになるだろうに。『落窪物語』のヒロインにしても、着物や下着こそぼろぼろだが、どんな悲惨な目にあっても、おっとりとした優雅な気質は損なわれない。

『源氏物語』以前の貧乏は、人を変えない。貧乏に、リアリティがないのだ。

末摘花のリアルな貧乏

これが『源氏物語』にいたると、様子はずいぶん変わってくる。『源氏物語』の貧乏人といえば、なんと言っても末摘花だ。彼女が貴公子の源氏に見いだされ、めでたしめでたしとなるのは、『源氏物語』以前の平安文学と同じだが。

このシンデレラは、ブスである。

「貧しくても親に虐待されていても美しく賢ければいいんだよ」とばかり男に愛された『源氏物語』以前の女たちとは、スタート地点が違う。

紫式部は考えたのだろう。『源氏物語』以前の物語の男は、経済よりも愛をとったかに見える。でも、それは本当なのかしら。女がブスだったらどうだったのかしら、と。

そこで末摘花というキャラクターが生まれる。

しかも、その貧乏は、リアルである。

末摘花は、木の洞に住むハメになった『うつほ物語』の女君と違って、ちゃんとした家に住んでいる。けれど、先祖伝来の広大な敷地は、手入れをする人も費用もないので、荒れ放題だ。女房たちの食事風景は、食器こそさすがに上等な舶来物だが、めぼしいおかずもない。服は普段着でも昔ながらの礼装だが、時代遅れなうえに、汚れて真っ黒になっている。

衣食住すべてにわたって、形ばかりは宮家の格式を保っているものの、みーんな過去の遺産だから、中身がそれに追いつかない。

何もかもすっかりなくした『うつほ物語』の女君と違って、古き良き暮らしの名残があるだけに、いかにも「落ちぶれました」というリアリティが感じられるのだ。

そこで交わされる会話も、しけている。

「ああ、ほんとに今年は寒いねぇ。長生きすると、こんな目にあうものなのねぇ」(「末摘花」巻)

と泣くのもいれば、

「故宮(末摘花の父)が生きていらした頃、なんでつらいなんて思ったのかしら。こんなに貧しくても、生きていけるものなのね」

と寒さに震える者もいる。それが悲しいことにみんな年寄り。お先真っ暗の貧乏皇族の家になど、新たに仕える人がいないのはもちろん、ほかでつぶしがききそうな若い人は、みんな転職してしまったから、残っているのは、どこも雇ってくれそうにない年寄りがメインになってしまうのだ。

そのせいか、みんな無気力で、風で明かりが消えてしまっても、灯をともす人もない。人手不足なうえ、いくら一生懸命働いても、何ももらえないことが分かっているから、なげやりになっているのである。まさに倒産寸前の企業さながらだ。

会社が左前になれば、社長も運転手つきの社用車から電車通勤に切り替えざるを得ないように、貧困は、その家の女主人をも侵している。末摘花本人は、もとの色が分からないほど真っ黒になった袿《うちき》を重ねた上に、黒テンの皮衣《かわぎぬ》……つまりは毛皮の上着をひっかける、というマタギのようなワイルドないでたちだ。ちなみに黒テンの上着は、普通は男性が着るものだったうえ、紫式部の時代にはすでに廃れていた。要は服を新調する余裕がないから、年代物を着ざるを得ないのだ。

栄養も行き届いていないのだろう。顔色は恐ろしいほど青白く、肩の骨が服の上から透けて見えるほど、がりがりに痩せている。おまけに歌もろくに詠めない。衣食住とおんなじで、末摘花本人も、形は宮家の姫君でも、中身はスカスカだったわけだ。こんな人が社長だったら、そりゃ会社も倒産するわなぁという感じである。

が、それでもさすが皇族の家で、源氏が帰ろうとすると、門番が出てくるあたりが、適度にリアルである。けれどこの門番が、高齢化の進む末摘花邸らしく、よれよれの年寄り。しかも門はガタガタに傾いているから、門を開けることができない。門を開けられない門番というのもすさまじいが、訪れる人がないために、それでも許されていたのだろう。非力な門番はしかたなく、娘か孫か分からないような年齢の女に助けられ、よっこらしょ、と門を引っ張る。その頭の上には、どんどん雪が降り積もっていく。

家は貧乏、女は不細工。帰ろうとしても、門が開かない。これではどんな男でもイヤになりそうなものだが、源氏は、

「山里みたいで風情があるな」

と面白がる。都内にいるのに、田舎みたい……と、旅行気分になっているのである。しかも、門番の惨めな様子を見ると、今さっき見た末摘花の赤鼻を「すごく寒そうだったよな」と思い出し、

「ふふっ」とこみあげる笑いを抑えることができない。そして、

「世間並みの普通の女であればこのまま捨てて忘れ去ることもできようが、はっきり見てしまったあとは、かえっていじらしさがつのってしまって、色恋抜きで〝常におとづれたまふ〟」

となって、黒テンの毛皮ならぬ絹やら綾やら綿など、老女房どもの着るもの、あの門番の翁のためのものまで、上の者から下の者まで思いやって、プレゼントした。

このようにこまごまとした暮らしの面倒まで見てやるようになるのだ。

源氏はブスの末摘花に「愛」とまではいかないにしても、ほのぼのとした「情」を覚えたようで、この段階では、貧乏という「経済」のハンデは、源氏のような奇特な貴公子の情があれば、乗り越えられるものとしてセッティングされているのである。

感じる貧乏……経済が人を動かす度レベル②

それにしても。

末摘花の貧乏ぶりを見ていると、紫式部はブスとか貧乏とか、人のマイナス要素がつくづく好きだなぁと痛感する。美人そっちのけで、末摘花のブスぶりを、微に入り細にわたり描いた彼女は、源氏をはじめとするリッチな貴族の暮らしぶりはそっちのけに、末摘花のビンボーぶりを、こと細かに報告するのだから。

末摘花がいかにブスかを詳しく書き綴ることで、そんなブスを妻にした源氏の奇特さを浮き彫りにしたように、末摘花の貧乏ぶりをしつこく描くことで、「こんな貧乏な女でも妻にできる」という源氏の財力と優しさをアピールしようとしたのかもしれない。

しかしそれなら、なにもここまでリアルにしなくても、『うつほ物語』のようにファンタジー路線にしてもよさそうなのに、紫式部は、しない。それは、貧乏を根掘り葉掘り書くことが、人の心の琴線に触れるということを、本能的に彼女が知っているからだろう。

貧乏話はただでさえ盛り上がりやすい。

「仕送りが絶えて、キャベツで十日過ごした」とか、

「水道を止められて、公園で頭を洗った」とか。

この手の貧乏話は、どこからともなく湧き上がってきて、「私なんか」「俺なんか」と、居並ぶ

人は競うように貧乏話をくり出してくる。贅沢話だとこうはいかない。「小さい頃、松阪牛ばかり食っていた」とか「ベンツにも飽きた」と言ったところで、人は「それが何か?」と思うだけである。人を巻きこむ吸引力といったら、これはもうなんと言っても、貧乏話なのである。

それは、貧乏そのものが、人の体に訴えるシステムになっているからだ。というのも、人は貧乏になると、まず食べるものが粗末になる。腹が減る。そして痩せていく。家賃もたくさん払えないから、安い北向きのアパートで我慢せざるを得ず、しかも暖房代をケチるから、寒さはよけい骨身にしみる。

貧乏は、もろに体を直撃するのである。

もちろん平安貴族が、この手の貧乏話に盛り上がったとは思えない。けれど、腹が減ったことのない人はいないはずである。吹く風を「冷たい」と感じたことのない人も。貧乏話は、そうした「体感」を経験したことのある人なら誰しも共感できる「間口の広さ」をもっている。『巨人の星』の貧乏ぶりが、こんなに豊かな現代でもなお、若い人に受けたりするのは、貧乏に潜むこうした体感への共感があるから、だと思う。

だが、しかし。

『巨人の星』の貧乏は、今となっては、吉本のお笑いに近いものがあるのも事実である(例が古くてすみません)。そしてたぶん末摘花の貧乏も、当時の貴族にとっては、お笑いだった。

ちゃぶ台の上にのっかっている乏しいおかずの描写がリアルであればあるほど、笑いを誘う『巨人の星』のように、末摘花の貧乏ぶりがディテールに及べば及ぶほど、読者は笑ったことだろう。それは彼女の貧乏が、あくまでリッチな源氏の目を通して描かれているために、もの珍しさが先立って、悲愴感がないからだ。

なにより末摘花自身、貧乏をそれほど苦にする様子が見られない。

「あーつらい、イヤだ、貧乏は」

と嘆いているのは召使たちだけで、源氏の須磨謹慎前後、足かけ三年も忘れられていた時ですら、当の末摘花は、汚い着物もオンボロ屋敷も気にするふうもなく、古い絵本を見ては、日がな一日過ごしていたりする。落ちぶれて受領の妻となっていたオバが、

「うちの娘たちの召使にしたいものだ」（「蓬生」巻）

とたくらんで、

「うちにいらっしゃい。姫のお琴の音色を聞きたがっている者もおります」

などと勧誘しても、夫が大宰府《だざいふ》の大弐《だいに》（次官）に決まったので自分とともに大宰府に来るよう誘っても、大事な乳母子を連れ去られても（彼女は大弐の甥とデキてしまったため、都にとどむべくもなかった）、

「それでも源氏の君は、いくらなんでも思い出してくださる。だって、あんなにしみじみ約束してくれたんだもの。我が身の不運からこんなふうに忘れられてはいるけれど、風の便りにでも、私のこんなひどい境遇を聞きつけたら、必ず探し出してくださる」

そう信じて待ち続ける。

この純粋さが、末摘花の美点である。期待通り、源氏は花散里《はなちるさと》を訪れるついでに、偶然、彼女の屋敷を通りかかって、彼女を二条東院に迎える。

貧しさが美を損なうことのなかった『うつほ物語』の女君と異なり、末摘花は、貧しさゆえに、身なりも汚れ、痩せていっそうブスさも増した。

けれど、「私がこんなに貧乏だから、男も来ないのだ」とか「召使もいなくなるのだ」などと卑屈になることは一度もなく、信じる気持ちをなくさなかった。『うつほ物語』や『落窪物語』の女君のように、優雅な気持ちを失うことはなかったのである。

貧乏が服や住居を変えるだけで、人の体型を変えない『源氏物語』以前の古典の「経済が人を動かす度」を「レベル1」とすると、貧乏ぶりがリアルな末摘花のそれは「レベル2」である。

いずれにしても「人を変える」ところまでは及ばない。だから読者も彼女の貧乏を、源氏と同じように「ふふっ」と安心して笑っていられた。

救われない貧乏女たち

末摘花が源氏の妻になることで、『源氏物語』では、「愛」が「経済」だけでなく「美」をも乗り越えたかに見える。

が、紫式部は、さらに考える。

これは本当に「愛」なのか。

たしかに男は愛なり情なりを女に感じていたからこそ、女を選び、結婚したのだろう。けれど、女のほうはどうだろう。好んで男と結婚したのだろうか。どう考えても本人にはその意志はなかったではないか。それを召使が勝手に心配してお膳立てして、成り行きで結婚してしまった。貧乏でブスな末摘花には「選択の余地」はなかったのである。今を時めく貴公子の源氏のお情けなのだから、ありがたく受けるしかない。しかし結婚しても、他の妻たちとは別棟の二条東院に、受領の未亡人である空蟬《うつせみ》と共に住まわされ、源氏との夫婦生活もたまにしかないとしたら……本当はイヤだと思うところもあったんじゃないか……あったとしても、貧乏でブスな末摘花が「イヤだ」と言ったところで、誰が聞き入れてくれるだろう。

そこで作者は、『源氏物語』以前の平安文学のように、貧乏女のキャラクターを「美人」に変更する。しかも「思慮深くて繊細」という設定にすることで、読者にこうアピールする……これは、なおざりにしていい登場人物ではありませんよ……と。

貧乏女を道化にするのは、末摘花でおしまいだ。もう貧乏を茶化すつもりはない。貧乏で読者を笑かすサービスはもうやめた。

「私は、貧乏女の人生を、本気で書こうと決めました」と、紫式部は宣言する（もちろん物語にそうした具体的な宣言はない。そういう姿勢が感じられるという意味だ）。

貧乏女を彼女が本気でメインに据えると、どうなるか。

まず相手の男を描く筆に悪意が混じる。『源氏物語』以前の古典文学なら、「君がいくら貧乏でもかまわないいんだよ。だって愛しているんだから」だった男のセリフは、「貧乏な君を助けてあげる。その代わりセックスしよう」的なものになる。そして女たちは、そんな男が差し伸べる「温かい手」を、ぱしっと振り払う。

紫《むらさき》の上《うえ》や藤壺《ふじつぼ》といったメインキャラクターがそうであったように、「紫式部が本腰を入れて描く貧乏女」は、男と結婚できて「ラッキー」とは思わない。末摘花が源氏に見いだされた時、あぁよかった、と思った読者も、「彼女たち」が男と結ばれるのを、よかったねとは思うまい。

なぜなら「彼女たち」は、ぎりぎりまで男と結婚するのをいやがり、逃げ惑うからだ。

夫・柏木《かしわぎ》と母に先立たれ、夕霧《ゆうぎり》に求婚されていた落葉《おちば》の宮《みや》は、父・朱雀院《すざくいん》に「出家したい」と願い出る。が、女三《おんなさん》の宮《みや》ほどには愛されていなかった彼女は、父にも見放されていた。

「断じてあるまじきことだ。たしかに結婚を重ねるべきではないが、あなたのように〝後見《うしろみ》〟(後見役)のない人は、尼になってかえってけしからぬ噂を立てられ、罪を作るようなことにもなりかねない」(「夕霧」巻)

と。そうして不安定な境遇となった落葉の宮は、女房たちに、

「寄ってたかって説得された」(〝集まりて聞こえこしらふる〟)

うえ、喪服を着替えさせられ、寝所に夕霧を送りこまれる。もとより、

「男をまったく知らぬわけでもあるまいに」（〝世の中をむげに思し知らぬにしもあらじを〟）

などと言って彼女に反発されていた夕霧は、この時もまた、

「あなたにどんな立派な名声があるというのです」（〝何のたけき御名にかはあらむ〟）

などと落葉の宮に言ってしまう。

あなたは未亡人でしょう？　処女でもないのだし、頼る人とていないじゃないか。そんなにもったいぶるほどの立場なの？　というわけだ。そして、

「もう、いいかげん諦めろよ」

と力ずくで犯されてしまう。


これが宇治十帖の大君《おおいぎみ》・中の君姉妹になると、事態はさらに深刻だ。姉妹の父・八の宮が死に、貧乏もいよいよ佳境に入ると、ハイエナのように薫と匂宮《におうみや》が群がってくる。

といっても薫のほうは、「私の死後は娘たちをよろしく」と八の宮に姫たちを任されていた。

しかし薫にはそう言っていた宮は、娘たちには、

「生半可なことで宇治を離れるでない」

と遺言し、山寺に籠もって死んでしまう。八の宮としては、内心では薫のような貴公子であれば大歓迎だったのに、その真意は娘たちには伝わらない。こうした人々の意識の「ズレ」が頻繁に描かれるのも宇治十帖の特徴だ。

八の宮死後、召使たちは、
「暮らしのためには、大君に男を導こう」（「総角」巻）
と皆で一致団結して相談（〝みな語らひあはせけり〟）。大君のもとに薫を導く。けれど大君は薫を拒み、「自分より若く美しい妹を」と、自分の代わりに中の君を薫と結婚させようとする。しかし薫はその手には落ちず、今度は自身の代わりに匂宮を中の君の寝所に送りこみ、中の君は薫を装って入ってきた匂宮に犯されてしまう。

匂宮にはその後、夕霧右大臣の娘との間に縁談が持ち上がり、中の君本人よりも姉の大君が絶望的になって、拒食状態となり、死んでしまったことはすでに触れた（↓3-5）。

大君は決して薫が嫌いなわけではなかったが、鏡に映る痩せた自分を見るにつけても薫を受け入れることに気後れしていた。何より貧しい宮家では自分が正妻になれぬことは妹の例を見ても分かっていた。

「自分も相手も幻滅せずに終わりたい」
とも思っていた。

もちろん出家も望んだが、
〝いとあるまじき御ことなり〟
と女房に反対されて、かなわなかった。

あげくの果てに、ものを食べずに衰弱死してしまう。

貧乏女が、リッチな男と結婚し、幸せになりましたとさ、というパターンは、ここにいたって、がらがらと音を立てて崩れてしまうのだ。

貧乏だから結婚しないという生き方

大君が、ここまで強硬に男を拒んだのは、なぜか。それは、薫がことさら嫌いだったためではない。独身主義のためでもない。

一言でいえば貧乏だったからだ。

平安中期の結婚は、一夫多妻の婿取り婚が基本である。男は数人の妻の家に通い、新婚家庭の経済は妻の実家が負担する。その際、どの妻が「正妻」となるかは、わりと流動的で、はじめは正妻でも、あとから男がさらに「ランクの高い女」と結婚すると、その他大勢の妻に成り下がったりする。紫の上が、女三の宮の登場で、源氏の正妻格の座を失ったのは、この例だ。夫は通常、子ができるなどすると、正妻とともに独立して同居する。

ここでいう「ランクの高い女」とは、男の愛が強い女ではない。世間から勢力を認められた家の女のことだ。こういう女に相応の扱いをしないと、「あのお嬢様を無視するとは、とんでもない非常識な男だ」と世間からは非難され、女側からも、「どういうつもりなんだ」と責められる。好きな女の家にイヤがらせをされてしまうこともある。

だから男は、しぜんと勢力の強い女を正妻として立てて、万事、特別扱いするようになる。妻のほうでも、男や男のおつきの人に食事や衣装を支給するなど、相応のもてなしをする。

要するに、人の正妻になるには、何かあった時、男に文句を言ってくれる強い後見人（多くの場合は親である）、そして経済力、男の世話をあれこれと焼く気のきいた召使たち（儒教道徳の普及していなかった当時、彼らは主家が衰えれば、転職してしまうのだが）が必要だった。

ひとかどの男を婿に迎えるのに、こうした条件を満たしていなければ、「その他大勢の妻」になっても、文句は言えなかったのだ。

一方、男が貧乏女を妻にする場合、経済的な負担はすべて男が負うことになる。しかもその女を正妻にしたい、と思ったら、ランクの高い他の女と結婚できなくなる。『落窪物語』の男君が頑なに「妻は一人」にこだわったのは、一つには、「ヒロイン以外の女を正妻にして、彼女を悲しませたくない」という思いやりのためだったのだ。つまり彼は、貧乏女一人のために、より豊かな暮らしと、大勢の女を妻にするという楽しみを、捨てたわけである。しかも、望めば、いくらでもいい女と結婚できる、リッチな大貴族の御曹司の身で。

けれど、そんな男が、この世にどれほどいるというのだろう。紫式部は疑問に思ったに違いない。だから、登場人物の大君にも、同じように疑問に思わせた。

この大君は、末摘花と違って、非常に聡明な女という設定だ。しかも彼女の嘗《な》めた貧乏の歴史は悲惨である。彼女の父・八の宮は、源氏の異母弟だ。母は大臣の娘だから、更衣腹の源氏より血筋はいい。ところが、なまじ血筋がいいだけに、冷泉《れいぜい》帝の東宮時代、弘徽殿《こきでん》大后によって東宮候補として祭り上げられた。そして冷泉帝が即位すると、かえって何もなかったよりも、社交界から排除され、すっかり忘れ去られてしまう。

こうして八の宮の貧しさは、歳月とともにつのり、しかも彼には、それをなんとかしようという甲斐性もなかった。紫式部に言わせると、

〝女のやう〟（「橋姫」巻）

な宮なので、家財は見る見る減っていき、召使も散りぢりになる。次女・中の君の誕生とともに妻は死に、かろうじて見つけた乳母は、貧乏暮らしに耐えかねて、幼い主人を見捨てて逃亡。しかたなく父宮自ら乳児の世話をするハメになる。そのうち火事で屋敷も焼けてしまい、宇治の別荘に引越すことになる。舞台は京から宇治へ移り、世に「宇治十帖」と呼ばれる世界が、展開するのである。

が、この八の宮も山寺に籠もったあと、死んでしまう。

そんな凄まじい貧乏の体験を通して、長女の大君は「世間の道理」を学んでしまう。人が貧乏を嫌うこと。豊かな家には召使も集まること。なによりも、格式ばかり高くて貧しい宮家には、婿のなり手がいないことを。

仮に「ぜひ」という男がいても、宮家に釣り合う身分であるのは難しい。宮家に見合う男だと、今度は自分たちのほうが、正妻として、男の身分にふさわしい世話をしてやることができない。「そ

れでもいい」というほど愛してくれる男がいたとしても、やがて親も財産もある強い正妻が現れて、肩身の狭い思いをしよう。

それが貧乏女の現実なのだ。と、苦労人の大君は知っている。山猿のような暮らしをしていた『うつほ物語』のヒロインなど、大貴族の正妻はおろか、愛人にさえなれずじまいで、山で狼にでも食べられて死ぬのが関の山だと知っているのである。

なにもそこまで落ちぶれなくても、『源氏物語』の末摘花だって、結局は、源氏や紫の上、明石《あかし》の君や花散里といった他の妻たちの住まう六条院ではなく、二条東院に、源氏の妻でもない空蟬と共に住まわされたではないか。

夕霧の妻に収まった落葉の宮にしたところで、大貴族を後ろ盾にした雲居雁《くもいのかり》の勢力には、とてもかなわなかった。

それが現実だ。と、紫式部は読者に見せつける。そして問いかける。

「そんな貧乏女の暮らしを、惨めだとは思いませんか?」「夫の言いなりになって、年を取って夫の愛が冷めたら、どうするんですか?」と。

その問いの答えが、宇治十帖の大君の生き方だった。つまり、

「自分も相手も幻滅したり裏切ったりすることのないまま、終わりにしたい」(「総角」巻)

「私だけでも、妹のように夫をもったための気苦労に沈まず、罪などを重ねないうちに、なんとかして〝亡くなりなむ〟(死んでしまおう)」

という……。

貧乏ゆえに男と結婚する末摘花の生き方もある。けれど、大君のように貧乏ゆえに男を拒む人生もありうるのだ。と、紫式部は言っているわけで、大君の生き方を単なる「独身主義」とか「男嫌い」ととらえただけでは、ことの真相は見えないのである。

貧乏は人を変える……経済が人を動かす度レベル③

哀れなのは、これほど誇り高い大君も、

「人づてでなく、直接声を聞かせて」

などと薫に言われると、「父宮の生前から、こうまで遠い野辺を分け入ってまでおいでになるご好意などもよくお分かりになっているので」少しいざって近寄って応対に出る。

「むやみと頼りにしてきたところもある日頃のことを振り返るにつれ、さすがにつらくて気が引けるものの、ほのかに一言くらいは返事をなさる」(「椎本」巻)

というのである。

父の死後、薫の援助を受ける身としては、強い態度に出られないのだ。

どんなに志を高くもとうとも、どんなに気高く生きようとしても、貧乏は力ずくで、人の態度を変えてしまう。

末摘花の時点では、人の言動を揺るがさなかった貧乏も、少しずつ心を侵していく。『源氏物語』の「経済が人を動かす度」は「レベル3」の危険地帯に突入し、愛が経済を超えるなんて、きれいごとよ、の世界が展開するのである。

思えば、経済事情ほど、人を変えるものはないかもしれない。

「どんなに有名になってもお金持ちになっても、あの人は昔のままだ」というのが褒め言葉となるほど、人は、金や権力で変わるものなのだ。金が入れば、他人が寄ってきて、それなりの優越感も味わえる。人が自分の機嫌をうかがうようになると、自分が偉くなった気がして、子供の縁談でも「相手の家柄」なんてことを言い出したりする。ちょっとした距離なら歩いていたのがタクシーを使うようになり、自分でしていた雑事にも他人を雇うようになる。他人を使っていると、自分の体を使うチャンスが減っていく。体を使わなければ、贅肉がつく。贅肉がつけば、ジムに通ったり美容に気をつかったりするようになる。美容に気をつかうようになると……といったぐあいに、経済事情の変化は、心ばかりか、体にも影響する。

「経済は、心と体に響く」のだ。

『源氏物語』の貧乏がリアルなのは、経済事情の変化による、体の変化をも、きちっと押さえている点だ。

『源氏物語』の登場人物は、経済事情や身分によって、はっきりと「体型」が書き分けられている。裕福な受領階級は、男も女もデブ気味で、権勢を誇る大貴族は男が大柄デブ、女も豊満タイプが多い。彼らよりは財力の乏しい皇族は、男は痩せた長身タイプ。とくに『源氏物語』に多い「落ちぶれ皇族の女」は、もともと小柄で痩せた体が、貧乏とともにますます痩せていく……というように、体型が、その人の台所事情を反映している（詳しくは拙著『『源氏物語』の身体測定』などを）。

「私もそろそろ女盛りを過ぎてしまう身なのよね。鏡を見れば、こんなに痩せてきているもの」

（「総角」巻）

と、細くか弱い痛々しい自分の手を、じっと見入ったあと、

「気後れするあの人（薫）と逢うことはますます恥ずかしい」

と思う大君の姿は、貧しい落ちぶれ皇族ならではの、悲哀と切なさに満ちている。

経済に支配される宇治十帖……経済が人を動かす度レベル④

宇治十帖には、経済に人生を塗り替えられる人々が、大君のほかにも多数登場する。その代表が、浮舟の婚約者であった左近少将だ。

亡き父は大将と上流ながら、親を亡くし、経済力のない彼は、受領の常陸介《ひたちのすけ》の娘・浮舟に求婚する。ところが浮舟が介の継子と知ると、急に実子に鞍替えする。継子の婿だと、実子の婿ほど

大事にされまいし、財産の取り分も少ないのでは？　と不安になったからだ。少将の言い分は、こうである。

「私は、姿かたちの美しい女をほしいとは少しも思わない。上品で優雅な女など、願えば簡単に手に入るだろう。けれど、貧しい暮らしを切りつめながら、雅びを好む人の成れの果てというのは、決して小綺麗でもないし、人に人とも思われない。そういうのを私は見ているから、少々人にそしられようと、安楽な暮らしをしたいと願っているのだ」（「東屋」巻）

これが、王朝貴族のセリフだろうか？

同じように貧乏のつらさを知る大君が、結婚を拒みつつ死んだのにひきかえ、この男は、プライドより富を選ぶ。身分よりも美人よりも「ほしいのは富」と、はっきり自覚し、口に出す（私はそれが悪いとはまったく思わない。むしろすがすがしいとも考えていて、『源氏の男はみんなサイテー——親子小説としての源氏物語』にはそう書いたものだ）。

ここにはもはや「愛」か「経済」かという選択肢はない。「経済」と対立すべき「愛」など、彼の頭には、はなから存在しない。『源氏物語』の貧乏は、恋と美を謳う平安貴族を、ここまで変えてしまう。「経済が人を動かす度」は「レベル4」となり、ほとんど人を「支配」するにいたる。中将の君が、つきあいのなかった中の君のもとに浮舟を託そうと決意したのは、こうした左近少将や、彼を受け入れた夫に怒ってのことで、ここから浮舟と薫や匂宮との関係が生じる余地が生まれたのである。

平安中期の経済事情

『源氏物語』の経済は、恋愛以上に、人を変える。

「貧しくたって、美しければ」と女を愛し、愛があれば、簡単に女を正妻にしていた『源氏物語』以前の物語が、愛を過大視していたとすれば、『源氏物語』は経済を過大視しているかに見える。浮舟の婚約者であった少将にいたっては、経済への感受性が強過ぎて、他の機能が「まひ」しちゃってる感じである。

だが。

「〃日本紀《にほんぎ》〃（『日本書紀』などの歴史書）などはほんの一面に過ぎない。物語にこそ政道に役立つ詳しい事柄が書かれているのでしょう」（「螢」巻）

と源氏に言わせた紫式部である（この時、源氏は玉鬘を相手に物語論を展開している）。

物語にこそ、かえって当時の人々の実態が描かれているのではないかという視点で、『源氏物語』が生まれた平安中期を調べると、貴族の「権威」がどんどん薄れているのに気づく。

貴族の財源は荘園からのいわば年貢である。貴族が都にいながらにして、地方の荘園から年貢を納めさせるには、「権威」が必要だ。その権威が落ちると、貴族は実入りが少なくなって、貧しくなっていく。貧しくなると、さらに権威もなくなるという悪循環に陥る。

貴族というブランドだけで、人も富もついてきた時代は終わり、没落貴族が増えてくる。

『源氏物語』が生まれたのはそんな時代であったようだ。

そんなふうにして没落した家の女が、男の言葉を信じて身を任せたはいいが、結局捨てられて、戻る家さえなくなった、なんてこともあったのだろう。

平安末期の『今昔物語集』には、親を亡くして貧しくなった女が観音の力で男をうまくもてなし、男の家に妻として迎えられたり（巻第十六第七）、美人だけれど父母親類もない貧しい女が観音の力で幸せな結婚をしたり（巻第十六第九）、はたまた結婚するために二人の子のうち一人を捨てようとした女が、行き会った老婆にその子を養ってもらえることになったり（巻第十九第四十三）、〝指《させ》る夫《をうと》も無くて懐妊〟（これといった夫もないまま妊娠）した、父母親類のない宮仕え女房が、出産場所を見つけるのに苦労して、鬼婆のような老女のいる奥山の家で出産、その子は人に預けて養わせたり（巻第二十七第十五）といった話がたくさん出てくる。

愛はいつの世もはかないものだが、そこに「経済的な没落」が絡むと、よけいに愛の無力さが浮き彫りにされてくるのである。

一方、貴族に代わって時流に乗っていたのが、地方にしっかり根を張って、現地の人脈と、潤沢な財力を蓄えていた武士や受領だった。

象徴的なのが、芥川龍之介の小説「芋粥」の原話で名高い『今昔物語集』巻第二十六第十七の話である。

都の五位の侍が、

「一度でいいから、腹一杯、芋粥を食べてみたい」

と言うと、当時、摂政関白に仕えていた越前出身の侍（若かりし頃の藤原利仁《としひと》。のちに鎮守府将軍に任ぜられたことから〝利仁将軍〟と呼ばれる）が、

「存分に召し上がっていただきましょう」

と、後日、五位を誘う。

五位といえば殿上が許され、中流貴族と言える身分ではあるが、その五位の衣装はといえば、薄い綿入れを二枚ほど重ね、青鈍色の指貫の裾は破れ、同じ色の狩衣の肩は少し落ちていて、下の袴もつけず、鼻水もろくにぬぐわぬのか、高い鼻の鼻先は赤く湿っている。狩衣の後ろは帯に引っ張られ歪んでいるのを直そうともしないというみすぼらしい姿で、位は高くても貧しさが浮き彫りになっている。

そんな五位が、田舎侍に連れられ、彼の敦賀の家に来てみると、狐にいたるまで彼の命令に従わぬ者はなく、屋敷の裕福な様子といったら言葉にできぬほど。寝所には綿の厚さ四、五寸（約十二〜十五センチ）もある夜具と、女まで用意してある。

そして号令一下、領民一人一人に切り口三寸、長さ五尺の山芋を持参させ、一石（約百八十リットル）入りの釜を五、六個据えて食べきれぬほどの芋粥を用意してくれる。一月ほど滞在した五位は、綾絹綿などの土産と、馬までもらって、すっかり物持ちになって都に帰ったのだった。

この『今昔物語集』の話は、都の貴族の零落と、地方豪族の躍進という、当時の現実を象徴す

るものとして知られている。

確かなのは、利仁に芋粥を振る舞われ、土産までもらった五位は、二度とこの田舎侍……利仁に頭が上がらないということだ。

そうなると、

『身分が高くて貧乏』と『身分が低くて金持ち』と、あなたはどちらを選びますか？」の問いに対して、後者を選ぶ人が増えてくる。「身分が高くて貧乏」でも、プライドのもてるうちはいいが、「身分が低くて金持ち」な奴に頭が上がらないんじゃ、どうしようもないからだ。

ましてや使用人は食わなきゃいけないから、なおさらだ。で、没落貴族の増加で、職をなくした召使たちが、

「もう有名企業に定年まで安心して勤めていられる時代は終わってしまったんだ。これからは、名前はなくても業績のいい会社にしよう」とか、あるいはスタートアップ企業に就職するとか、起業を考えるといった感じで、流れていくのが、受領や地方豪族のもとというわけだ。

もとより愛では飯が食えない。身分でも飯が食えない。となると人々は結果的に、富を選ぶことになって、社会での経済のウエイトは、うなぎ登りに高くなっていく。

という現象が、平安中期、強まりつつあった。

『源氏物語』が経済をことさら重視するのは、こうした時代背景があったからなのだと思う。

『源氏物語』は、そんな時代の潮流にすごく敏感だったわけで、今でこそ「古典文学」として持

ち上げられている『源氏物語』も、当時はきわめてトレンディな小説だったのだ。流行《はや》りの終末思想ともいうべき末法思想や浄土思想をとり入れたり、

「大臣の位を手に入れたいとお望みになって、宝物を使い尽くそうとなさったとしても、我が家でそろわぬ物はまずありません」（「東屋」巻）

つまりは「大臣の位だって買えるほどの財産がある」などというセリフを、浮舟の継父・常陸介（もとは上達部《かんだちめ》の家柄だったが、彼の代では身分的には落ちぶれて金持ち受領になっている）に言わせてみたり。今なら、

「世紀末の世相を反映しつつ、若者の心の不安を見事に描いた現代小説」

と書評で絶賛されるような小説だったのだ。

2―感じる不幸

『源氏物語』は一大不幸絵巻

源氏と最愛の藤壺が結ばれない。

「今抱きあった帰り道にも、会いたくてたまらなくなる」

というほど源氏が夢中になった夕顔《ゆうがお》は、出会って間もなく変死する。不仲だった妻・葵《あおい》の上《うえ》は、子を生んで、やっと心が通じあえそうに見えたとたんに死亡。秘密の恋の藤壺には子ができてしまうのに、愛妻で、子供好きな紫の上に子ができない。明石の君は、源氏の娘を生んだものの、「身分の低い母のもとで育つと、娘の将来に傷がつく」という夫の意向で、可愛い盛りの三歳で、娘と引き離される。

玉鬘《たまかずら》と冷泉帝、女三の宮と柏木、薫と大君、匂宮と浮舟など、「似合いのカップル」が結ばれない。

そして、それら主要な登場人物たちが、片っ端から死んでいく……。

これでもかこれでもかと皮肉な運命をくり出す『源氏物語』は、空前の「不幸絵巻」である。

惹かれあう男女が結ばれないのはもちろん、たとえ一度は結ばれた相思相愛のカップルにも、やがて幻滅の時が訪れる。しかも男女の心は、それぞれ自分に都合のいい解釈に終始するだけで、交わることがない。登場人物すべてが孤独。誰にも理解されぬまま、悔いと苦悩と悲しみを、たっぷり味わった末に死んでいく。

なぜ、どうして、何のために、紫式部はこんなにも登場人物を痛めつけるのか。生きる楽しさよりも生きるつらさ、人を愛する喜びよりも愛する苦しみを、クローズアップするのだろう。そしてなぜ、一見、夢も希望もないこんな物語が、一世を風靡してしまったのか……。

はっきりしているのは、『源氏物語』の登場人物は、苦悩しだすと、とたんに存在感が出てくる、ということ。そして、紫式部にとって「人を描くこと」は、ほとんど「その人の苦悩を描くこと」だということだ。

紫の上の場合

たとえば紫の上である。

彼女は『源氏物語』の女たちの中で一番筆を割かれているにもかかわらず、

「女君の中で印象に残る人は誰？」

と人に聞いた時、その名があがることは少ない。あがってくるのは空蟬や六条御息所《ろくじようのみやすどころ》、あるいは夕顔や末摘花だ。たしかに彼女たちの存在は見逃せないが、物語全体で割かれるページ数で見ると、明石の君や、まして紫の上にはとうてい及ばない。なのになぜ、読者の心に残るかというと、彼女たちがいずれも、源氏の妻としてあまり愛されなかったり、落ちぶれたり、早死にしたりといった幸薄い女たちであり、苦悩の人だからである。そして苦悩の人が、『源氏物語』ではクローズアップされるからである。

しかし実は、明石の君や紫の上は、彼女たち以上に苦悩の人であるとも言えるのに、なぜ印象に残らないかというと、その苦悩が書かれた箇所にたどりつかないうちに、『源氏物語』を読むのを断念してしまう読者が多いからだろう。で、物語の最初のほうに集中的に登場する女君ばかりが頭に残ってしまう。古来、こういう根気のない人は多く、とくに源氏が須磨で謹慎する「須磨」の巻あたりで力尽きる人が多かったので、そういう人をあざけって言う「須磨源氏」という慣用句もあったくらいなのだ。そして、まさにこの「須磨」の直後から、明石の君の尋常ではない苦悩が展開し、紫の上の苦悩にいたっては、ずっとあとの「若菜上」巻でやっとクローズアップされる。そこまで読めば、紫の上を印象的な女君ナンバーワンにあげる人は激増するに違いなくて、少なくとも物語ができた当時の人たちは、『源氏物語』といえば紫の上、と思ったから、作者を〝紫式部〟と呼ぶことにした。紫の上は、『源氏物語』の象徴でもあったのだ。

では、紫の上は、いかにして、平安人の心に残る「苦悩の人」に成長したか。その歴史を見てみよう。

苦悩の人となるまで

紫の上の登場感は鮮烈である。覗き見する源氏と読者の前に、十歳の彼女は涙で顔を赤くすりなして「走ってくる」。

「スズメの子をイヌキ（侍女の名）が逃がしちゃった。伏籠《ふせご》（香炉や火鉢の上にかぶせ、衣をかけて香をたきしめるなどした籠《かご》）の中に閉じこめておいたのに」（「若紫」巻）

と。

泣いてはいるが、この時の彼女は苦悩の人ではない。父は正妻である継母と同居し、頼りになる身寄りは母方の祖母だけという心細い身の上ではあるけれど、そんな哀れさは少しも感じさせない、生き生きとした子供である。

その後まもなく、祖母は死去。頼る身寄りをなくした紫の上は、そういう身の上だけ見れば、不幸なお姫様になる。けれど彼女は、まだ悩まない。

やがて、さらわれるようにして、源氏の屋敷に囲われ、正妻の葵の上死後、父と慕った源氏に十四歳で犯される。それは彼女に相当の衝撃を与え、初寝のあとは着物をかぶって源氏を避け、汗で額髪が濡れるほどショックを受けた様が描かれる。しかしそうした描写も一過性のもので、彼女の悩みはクローズアップされるにはいたらない。源氏の妻としての居心地に徐々に馴らされて、「最愛の妻」の座を獲得すると、嫉妬深さが玉にキズの、可愛い妻であり続ける。

可愛くて聡明で、夫に一番愛されて……そんな妻として描かれ続けた彼女は、身分違いの源氏との関係に揺れ動く空蟬や、同じく身分違いの結婚に悩む明石の君、愛とプライドの間でずたずたに傷つく六条御息所などの女たちに比べ、面白みに欠けるキャラクターだった。

源氏は、着飾った妻の葵の上を、「絵に描いた物語の姫君のようだ」と敬遠していたが、はっきり言って、紫の上のほうがよほど物語の姫君くさかった。登場時の鮮烈な印象はすっかり薄れたように見えた。

その紫の上が、生身の女として、読者の心を揺さぶりだすのは、結婚十八年目。自分より十七、八歳も若く高貴な女三の宮が、夫の正妻として乗りこんでくる「若菜上」巻以降のことだ。

紫の上は、この頃から、〝手習《てならひ》〟（手すさび書き）に、無意識に悲しい歌ばかり書くようになっていた。そんな自分に、

「ということは、私には、悩みがあったんだ」（「若菜上」巻）

と気づく。

そして夫の源氏が、

「どんなに高貴な人だって、いろいろ悩みがあるんだから。あなたはまだ幸せだよ。それをちゃんと自覚してくれなくちゃ」（「若菜下」巻）

といったことを語るに及び、「私は幸せなんかじゃない！」と、はっきり認識する。

「おっしゃるように、私は拙い身には過ぎた境遇のようにはた目には見えるでしょう。でも心に

はたえられない嘆かわしさがついてまわるのは、それが私の祈りのように生きる原動力となってきたのでした」

紫の上は源氏に言い、

「本当をいえば、先も長くない気がするので、以前もお願いした出家のこと、お許し下さい」と願う。けれど夫は許してくれぬまま、女三の宮のもとに行ってしまう。

「私は人が我慢できないような悩みがついてまわる身のまま、一生を終えようというのか。〝あぢきなくもあるかな〟（なんとつまらないことよ）」（「若菜下」巻）

思いつめた紫の上は、胸の病を発症する。

悩みはじめたその瞬間、紫の上は、「新生・紫の上」として、『源氏物語』の中で再デビューする。と思われるほど、悩む紫の上は、急速に存在感を強めだす。出家を願い、その願いさえ夫に却下され、それでも懸命に日々の仕事をこなして生きていくひたむきさ、そして美しさを、物語は最大級に謳いあげる。

「去年より今年はまさり、昨日より今日は珍しく、常に新鮮な様子をしているのを、源氏は、なぜこんなにもと目を見張る思いになられる」（「若菜上」巻）

その美しさは、間断のないストレスの果て、彼女が病に冒されたあとも変わらない。それどころか、増すばかりなのだ。死の前日の彼女の容姿はこうである。

「格段に痩せ細ってはいるが、これでこそ、限りない気高さや優美さが増して、素晴らしい。あまりに色つやがよく華やかだった盛りの頃は、この世の花を思わせる美しさだったが、今は際限もなく可憐で魅力的なご様子だ」（「御法」巻）

そしてこの極上の美は、驚くことに、「死後」でピークに達する。

「お顔の色がとても白く光るようで、はっきり顔を人に見せることのなかった生前よりも、無心に横たわっている今の有様こそ、非の打ちどころがない、と言ったところで今さらめいたことではある」

生きている時より、美しい。

かつて死者をこんなふうに描写した日本人がいただろうか。悩みを自覚してにわかに生き生きしはじめた紫の上の美しさは、死で絶頂にのぼりつめる。源氏の最愛の妻という幸運な設定ゆえに、重要な役のわりには影の薄かった紫の上は、皮肉なことに、悩み死ぬことで、生彩を取り戻した。藤壺の「身代わり人形」だった紫の上は、悩むことで、生き生きとした少女の頃の自分に戻る。セピア色した古い写真が、カラーになって動き出すように、生身の人間の体温を、読者に感じさせるのだ。

紫式部にとって、「人を描くことは、ほとんどその人の苦悩を描くこと」であろうというのは、こういうことだ。そして、そんな『源氏物語』だからこそ、生涯、恋や人生に悩み続ける源氏が主役となり得るのである。

「死」に近づく女君

こんな苦悩の人生だから、『源氏物語』の登場人物にとって、死は「やっと」やってくる「救い」であり「癒し」でもあった。だから後半「若菜上」巻あたりから、主要人物を襲う苦悩の色が濃くなるにつれ、人々は、加速度的に死に近づいていく。

それでもまだ紫の上の段階では、養女・明石の中宮腹の皇子皇女等、残される者たちの行く末が気になるにつけ、

「自分はこんなにつまらぬ身であったのに、それを惜しむ心がまだ残っているのか」（「御法」巻）

と、涙ぐんでいた。

女三の宮にしても、柏木との関係が源氏に発覚し、何かにつけてイヤミを言ってくる源氏の態度に、薫誕生後、

〝このついでにも死なばや〟（「柏木」巻）

と考えていた。しかし結局死にきれず、出家のできなかった紫の上と違い、父院に頼んで出家を遂げていた。

それが宇治十帖の大君になると、妹・中の君と匂宮の夫婦関係を見て（当の妹は姉ほど悩んでいなかったのだが）、

「私も長生きすれば、こうした目にあうに違いない」（「総角」巻）

と考え、

〝いかで亡くなりなむ〟

と死を願うにいたる。そして食べないことで、本当に死んでしまう。

これがさらに、物語も終盤になって現れる浮舟になると、積極的に自殺するところまできてしまうのである。

自殺する女

浮舟は、自殺する。

これは過激である。ホップ・ステップで、五〇センチ・一メートルと歩幅を広げてきた女たちが、ジャンプで一気に一〇メートルを飛び越すような、飛躍である。

『源氏物語』ではそれまでも、いくつもの死がくり返されてきた。しかしそれらはすべて……たとえ死を願ってものを食べなかったとしても……寿命が尽きた結果にすぎない。けれど浮舟は、体を動かし、「死」につき進んでいく。

薫というパトロンのある身ながら、薫の友人で、異母姉・中の君の夫である匂宮に犯され、逢瀬を続けていた浮舟は、それが薫にバレると、

「匂宮との関係は、私から好きこのんで始めたことではないとはいえ、情けない宿運だなぁ（運

が悪いなぁ)」(「浮舟」巻)

と思う。さらに、

「この際、薫の君か匂宮様か、どちらかお一方にお決めなさいませ」

と迫る侍女たちの言葉には、

「私の気持ちとしては、どちらかお一方をと思っているわけじゃないんだけど……」

と、とほうに暮れるだけ。その間にも、

「匂宮様というのはほんとに忙しいほどの女好きで、彼の奥様も、そういう意味では、ずいぶんイヤな思いをされているようで」

と人が言うのを耳にする。それに対して、浮舟の母が、

「その奥様というのは、うちの娘の腹違いの姉ですからね。もしも娘が匂宮様と変なことになっていたら、いくら可愛い娘でも、二度と会いません」

などと答えているのを聞いた浮舟は「胸がつぶれるような思い」になる。そしてこの母のセリフが引き金となって、

〝わが身を失ひてばや〟

と思いつめるのだ。

浮舟は、薫に悪いことをしたとか、倫理的にまずいことをしたという思いよりは、周囲のプレッシャーや、母に見捨てられるのでは? という恐怖心から、流されるように死を決意する。そん

なところにもってきて、

「東国のほうでは、恋の鞘当てで刃傷沙汰になって、死んだ男もいるんですよ」

などと侍女が聞かせるもんだから、

「薫の君と宮もそんなふうになってしまったら、どうしよう」

という不安が加わる。実際は、受領階級の浮舟ごときを巡って、大貴族のお坊ちゃまたちが、そんな振る舞いに及ぶはずはなかろうに、田舎育ちで世間知らずな彼女は、

〝いかで死なばや〟

と死を決意する。

だが。

死にさえすれば、すべてが解決される……というふうな、漠然とした死への期待、若い女の死への甘えを、紫式部は許すことはない。

今まで何人もの女君たちが死にたくもないのに死んでいった。にもかかわらず、死を望み、自ら命を絶とうとした、この唯一の女は、皮肉なことに、死なないのだ。

浮舟は、入水自殺に失敗する。

そして暗い木の下で、うずくまっているところを、見知らぬ僧たちに発見される。彼らは、彼女の長い黒髪を見ると、

「こんな寂しいところに、女がいるわけがない。キツネか魔物に違いない」

と、その着物を脱がそうとする。浮舟は泣いて抵抗し、尼僧に救い出されたあとも、激しく泣き続けたために、

「体に傷でもあるのだろうか？」

と裸にされて点検される。そうされる間にも浮舟は、どんどん意識をなくしていって、高熱に苦しんだあげく、気がつくと、記憶喪失になっていた。

自殺を図って死ねなかった浮舟は、過去も身分もなくし、文字通り「裸一貫」に戻り、生きることを運命づけられるのだ。

自分の体を取り戻す女

意識が戻った浮舟は、

「以前のことを思い出そうとしても、住んでいた場所や、自分が何という名前だったかも、はっきりと覚えてはいない」（「手習」巻）

そう『源氏物語』には、描かれる。覚えているのはただ、

「自分はもうおしまいだ、と身投げした人だ」

ということだけで、それを頼りに懸命に記憶の糸をたどってみると……。

「ほんとに絶望的になって思い悩んで、人が寝静まってから、戸を開けて外に出てみると、風は

激しく、川の音がごうごうと聞こえてきた。一人きりで怖くなって、あとさきの見境もつかなくなって、簀子《すのこ》(縁側)の端に足をおろしながら、どこへ行ったらいいかも分からず、引き返すのも中途半端だし、この世から消えてしまおうとせっかく思い立ったのに、死に損なって人に見つかるよりは、鬼でもなんでも私を食い殺してよと言いながら、思いつめていると、世にも美しい男が近寄ってきて『さあおいで、私のもとへ』と言って、私を抱く感じがした。宮と申し上げた方だと思って、その瞬間、意識をなくしたのだった」

ということが、かろうじて思い出されてきた。

その後、女たちの稲刈りの歌を耳にすると、

「そういえば、小さい頃、こんな声を聞いたことがあったっけ」

と、東国で暮らした幼い頃の記憶を回復する。それが糸口となって、次々記憶が戻っていき、「もうこれまで」と最後の決意をした時の記憶が蘇るのだ。

「最後の決意をした時に、恋しい人は多かった。けれど、今は、死の直前に頭に浮かんだそういう人たちのことはさして思い出されない。ただ、母はどんなにとほうに暮れているか。私のことを、なんとか人並みにしてやりたいと夢中になっていた乳母はどんなに力を落としているだろう」

と、自分のために常に一生懸命だった母と乳母だけが(時折は乳母子のことも)思い起こされる。

男のことは……とくに薫を装って自分を犯した匂宮のことは、彼女にとって自分を不幸にした原因としてすっかり嫌気が差していた。もう自分が求めてもいない男と関わって苦しむのはごめ

んだという気持ちになっていたのである。

だから、助けてくれた尼僧によって、死んだ娘の身代わりとして、娘婿と結婚させられそうになると、尼の留守中、尼の兄である僧都に強いて頼んで、出家を遂げる。〃おぼおぼとのみ〃（ひたすらぼんやり）していた彼女が、勇気を振り絞り、〃いみじう泣き〃て懇願するのである。

そして愛人だった薫が、浮舟の居場所をつきとめ、わざわざ彼女の実弟を使者にして手紙を寄越した時も、彼女は涙を落としながらも、きっぱりと答える。

「宛先違いではありませんか？」

それを受けた薫が、

「また誰か他の男に囲われて住んでいるのだろうか」

などと邪推するところで、さしもの長い『源氏物語』も、あっけなく幕を閉じるのだ。


ここには、「苦しい生」を生きた結果、「死」によって癒されたというような、女君の姿はない。もちろん「死ぬしかないのだ」と、流されるように自殺を選んだ、以前の浮舟の姿もない。

「もうつらい思いはしたくない。それにはとにかく男と会わないほうがいい」

と判断した、一人の女がいるだけだ。

その判断は、間違っているかもしれない。けれどそれは、生きるために彼女が下した、たぶん初めての判断なのだ。

それまで、母の人形のように美しい着物を着せられて、男たちのなすがままになって、「ひとごとのような体」を生きてきた浮舟が、冷たい水をくぐりぬけ、裸にされて、熱に何日もうなされた結果、やっと自分の体を取り戻すことができた。そして、自分の言葉でものを言えるようになった。「死の体験」を経て、「自分の心身」を生きることをようやく取り戻したのだ。

こうして「自殺する女」は、「生きていく女」になったのである。

なぜ、浮舟がラストヒロインなのか

それにしても、なぜ浮舟が、『源氏物語』のラストヒロインなのか。

紫式部はなぜ、浮舟を選んだのか。

長い物語にうたかたのように現れては消えていった大勢の女たち。その最後発の女として、物語の終わりになって突如姿を現した浮舟とは、どういう女だったのか。

そのプロフィールを見ていくと、生まれも育ちも性格も『源氏物語』の女君の集大成、それも容貌以外は「負の集大成」であることに気づく。

彼女は、源氏の異母弟・八の宮と、彼に仕える女房・中将の君との間に生まれる。けれど、母の身分が低いため、実父には認知もしてもらえない。母の結婚相手の常陸介は裕福だが、受領階級だ。しかも継子の浮舟を〝他人《ことひと》〟と思って差別する気持ちがあった。

この受領の継父に伴われて、浮舟は幼い頃から地方で暮らしていた。

浮舟は、明石の君の「身分の低さ」、紫の上の「寄る辺ない境遇」、玉鬘の「田舎育ち」といった、当時としてはマイナスの要素を、合わせ持っていた。

体型と性格は夕顔タイプで小柄で気弱だ。侍女がのちに匂宮に語ったところによると、「不思議なほど無口で、〝おぼおぼとのみ〟していて、ひどくつらいと思うことも人に漏らすことはめったになく、いつも内気な一方でいらっしゃる」（「蜻蛉」巻）という性格だった。源氏とデート中、変死した夕顔が、のちに侍女の右近に「世間の人とは違って内気でいらして、人に悩んでいると思われることを恥ずかしいこととお考えになって、ただなんでもないふうにしていた」（「夕顔」巻）と評されていたことが彷彿される。

ただ浮舟には、自分とは似ても似つかぬ、でっぷりとした、いかにも受領の奥様という感じの、たくましい母・中将の君がいて、世の荒波からの防波堤となっていた。そのため、自己主張の必要性も感じなかったのかもしれない。

逆に言うと、このたくましい母がいないと、何もできないもろさをもっていた。

なぜ紫式部は、ラストヒロインをこんな弱い女にしたのだろう。

それは、彼女を追いつめたかったからではないか。

くり返される「身代わりの女」というテーマの果てに

これはあちこちで言っていることなのだが、『源氏物語』には一つのテーマをくり返し、それを深めていくという特徴がある。

その一つが「身代わりの女」という設定であり、テーマである。

桐壺《きりつぼ》帝は桐壺更衣《こうい》を失った悲しみを慰めようと、更衣によく似た藤壺を入内させ、その子・源氏は父帝の愛妃・藤壺の〝御かはりに〟（「若紫」巻）紫の上を手に入れ妻にした。さらにその子・薫（実父は柏木）は、心惹かれながらも結ばれることなく死んでしまった大君の〝形代《かたしろ》〟（身代わり）としてその異母妹の浮舟を愛人にした。

この身代わりの女の立場は物語が進むにつれ弱いものとなっていき、同時に「身代わり」であることがよりはっきりと意識されていく。

誰かの身代わりであるということは、皇后腹の皇女・藤壺の時には男本人にも自覚されなかったが、親王の外腹の紫の上の時には男本人の心の内で自覚されていた。それが親王の女房腹の子で、受領の継子となった浮舟にいたると、はなから亡き異母姉の代わりとして男の性の相手になるべく異母姉の中の君によって薫に紹介され、母・中将の君もそれと承知で、娘を薫に差し出すことを決めていた。

『源氏物語』に身代わりの女が多いのは、どんなに深く愛した女でも心は移ろうという無常観や、人の代わりに仏が苦を引き受けるという身代わり地蔵に象徴されるような仏教の考え方が大きく影響しているのだろう。『源氏物語』の女にとっては、望まぬ関係を強いられるという苦悩を、背負わされることになるわけである。

亡き更衣に代わって桐壺帝に愛された藤壺は、源氏の強引なアプローチによって妊娠させられたうえ、秘密を抱えて苦しんでいたし、紫の上も、十歳の幼さで源氏と共寝を強いられ、十四歳で犯された時は、ショックで寝床を離れることもできなかった。父のように慕っていた男に犯されたのだから当然である。『源氏物語』にはそうした当事者の苦痛もちゃんと描かれているところが特徴で、紫の上は、

「なんでこんなにイヤなお気持ちのある人を心底頼もしい人と思ってきたのか」（〝などてかう心うかりける御心をうらなく頼もしきものに思ひきこえけむ〟）と、〝あさましう〟（情けなく）思っている（「葵」巻）。

しかも中年以降は、女三の宮という高貴な女に正妻の座を奪われ、夫に出家を望んでも許してもらえない。

これが、女房腹の受領の継子の浮舟にいたると、その身分の低さと性格の弱さゆえ、彼女を襲う「不幸」はそれまでにないものとなる。

浮舟と男たちとの関わりは、あのたくましい母・中将の君が彼女のそばを離れたとたん、始動する。一人になった浮舟は、男たちに簡単に犯され、薫には「なんで東国なんかで長いこと暮ら

していたの」とモラハラめいたことを言われ、匂宮にも二度目に逢った時には洗面の手伝いをさせられるなど、女房扱いされている。しかもそんな男たちの板挟みにあう。

身代わりの女の「不自由度」と「苦悩」はどんどんエスカレートしていく。

その結果、浮舟は自殺未遂に追いこまれ、記憶喪失になって、いったん身も心も死んだうえで、蘇生して出家する。

彼女は助けられた尼僧に、死んだ娘の代わりとして、娘婿と結婚させられそうになっていたが、この尼のいないスキに僧都に頼んで出家を遂げるのである。

ここにきて、身代わりの女は初めて「誰かの代わり」ではない、自分の心と体を生きることを得る。そこでやっと、

「気が楽になって嬉しい」(〝心やすくうれし〟)(「手習」巻)

という境地に至るのだ。


女房腹で、性格も〝おぼおぼとのみ〟しているという、「身代わりの女」としてはもちろん、物語中最低ランクの身分と性格のヒロインが、あの優れた紫の上でさえ遂げられなかった出家を、生きて、やり遂げる。

その姿は、本当に感動的だ。

浮舟の弱さと小ささが、その蘇生をより感動的なものにしている。

小さい浮舟が、とぼとぼとした足どりながら、とにかく一人で歩きはじめたラストの姿は、後世の人によほどインパクトを与えたのだろう。『更級日記《さらしな》』の作者は、自分も大人になれば、「宇治の薫の大将が囲った浮舟の女君のようになるだろう」と彼女に自己投影し、中世になると、その名もずばり「浮舟」という謡曲が生まれたりもした。そして『源氏物語』以降のヒロインの性格的・身体的パターンが、浮舟的になっていったことは、拙著『『源氏物語』の身体測定』（その後加筆訂正して講談社＋α文庫『「ブス論」で読む源氏物語』）で詳しく書いた通りである。

感じる運命、感じる不幸

気になるのは、苦悩する男と女を描いた『源氏物語』が当時、どうしてそんなにも貴族の間で受けてしまったのか、ということだ。

たしかに、喜びよりも悲しみ、他人の幸せより不幸のほうが、良かれ悪しかれ、共感を呼び、人の体を動かしやすい。

絵巻から抜け出したような姿形の男と女が、恋をして結ばれてハッピーエンドになるよりは、その美しい顔を苦悩でゆがめ、澄んだ瞳から涙を流すというほうが、「これは、もしかして私と同じ生身の人間かもしれない」と、読者は我が身に引き寄せやすいだろう。

しかも、人が悩み苦しむ姿を見るのは、決して苦痛ではない。

「私はこんなんじゃなくてよかった」と我が幸せをかみしめて心楽しい時さえある。

不幸は手っとり早い刺激であり、また娯楽でもあって、かつ苦悩は人の心に響きやすいのである。

それにしても、なぜ人々はそうまでして「感じたがって」いたのだろう。

3―紫式部の「感じる能力」

紫式部はなぜ体に響く物語を書けたのか

平安中期、紫式部という女が、こんなに体に響く……体に感じる物語を作った背景には、いかなる個人的・社会的な事情があるのか？

まず『源氏物語』の生まれた平安中期は、「身体的なものへの興味」がかつてないほど高まっていた時代である。その背景には、「体を失った貴族」がいたのではないか。それは現代人とそっくりなのではないか。

そんなふうに一九九六年当時は考えて、本書の原形となった『カラダで感じる源氏物語』（↓あとがき）を締めくくった。

だが二〇二四年現在、改めて考えてみるに、事はそう単純ではないように思う。

たしかに平安貴族は、武士や庶民に比較すると、体を使っていなかっただろう。

「死＝穢れ＝伝染する」という思想のもと、穢れを忌み嫌う度合いが強く、死人の出た家には上がらず、立ちながら用を済ませていたし、排泄も箱や壺に入れて召使に捨てさせ、食べ物がどこからくるかなどには無頓着だった。

『源氏物語』には、ストレス死する桐壺更衣や紫の上の母をはじめ、今でいう拒食症で死ぬ大君、自殺未遂をして記憶喪失になる浮舟、養父・源氏のセクハラに悩む玉鬘、身分も低く、性格的にも弱い格下の女・浮舟にモラハラめいた言動をする薫など、現代日本の抱える病理を先取りするかのような状況が、あふれている。

現代日本人は戦国武将などよりは、よほど平安貴族に似ていることは確かだろう。

ただ、平安貴族は体を失っていたから、『源氏物語』のように体に響く物語が欲せられたというのは、必ずしもそうとも言えないという思いに今はなっている。

そうした背景ももちろんあるだろうが、今の私の知識と能力ではそこを深く分析するのは困難だ。

それよりは、紫式部自身の能力について考察するにとどめたほうが妥当ではないか。

そんな思いに至ったため、本稿ではそのあたりを中心に、考えを深めていきたい。

何を見ても自分

紫式部には、天才的な「感じる能力」というのが、あった。

とくに、人の身体的な苦痛や不幸を「我がこと」のように感じる能力が、彼女にはあった。

『紫式部日記』には、一条天皇が、生まれた皇子を見ようと、彰子の実家・土御門《つちみかど》殿に行幸するさまが描かれている。その時、この晴れがましい儀式を見つめる紫式部の視線は、ミカドの御輿《みこし》の美しさや、華麗な行列に向けられるのではなく、ミカドの乗る御輿の下であえぐ駕輿丁《かよちょう》（御輿をかつぐ人夫）に注がれていた。

「彼はあんなに低い身分ながら、高貴なミカドのそばにいる。けれど、とても苦しそうに、はいつくばっている」

と。

そして、思う。

「私も彼とどこが違うというのだろう。高貴な人との交わりも、自分の身のほどが低ければ、決して楽なものではないのだ」（〝なにのことごとなる、高きまじらひも、身のほどかぎりあるに、いとやすげなしかし〟）

と。

厳しい身分制のあった当時、受領階級とはいえ、仮にも貴族である自分と下賤な駕輿丁とを一足飛びに〝なにのことごとなる〟（同じだ）と決めつける紫式部の視線は、とても千年前のものとは思えないほどラディカルだ。

こうした紫式部の視線は、日記のそこここにあって、水鳥を見れば、

「何の悩みもなさそうに泳いでいる」

と思うそばから、

「彼らだって、あんなにのびのびと遊んでいるように見えても、実は、その身はとても苦しいのだろう。と、つい我が身に思い比べてしまう」

と記す。

美しい五節《ごせち》の舞姫《まいひめ》たちが、〝御前の試み〟といって、ミカドや中宮の御前で舞を披露する。それを道長《みちなが》なども見ている。そのように人前に姿をさらす彼女たちの姿を見れば、

「どんなにつらいだろう」

とはらはらする。そして、舞姫に付き添う童女をミカドが御覧になる日、曇りもない昼日中に、扇もまともに持たせず、たくさんの男たちが交じる中、童女が姿を現すのを見ると、

「もしも私に同じように人前に出ろと言われても、とほうに暮れてうろうろするだけだろう。でもそういう私だって、こうまで人前に立ち出ようとは、昔は思ってもいなかった」

と、男とじかに顔を合わせる宮仕えに馴れてしまった我が身の有様を思わずにいられない。

一方で、彼女は自分の仕える女主人・彰子のこともこんな目で見ていた。

皇子を出産した七日目の夜、人々が祝いに騒ぐ中、几帳の内にいた彰子の姿は、

「こんなに〝国の親〟ともてはやされるような端麗なご様子にも見えず、少し苦しげに面痩せておやすみになっている御有様は、ふだんよりも弱々しく、若く可愛らしげである」

と。

紫式部は、下賤な駕輿丁から、人間ならぬ水鳥まで、我が身に引き寄せて「同化する能力」の持ち主なのだ。

同時に、彰子のような高貴な人にも、我が身と同様、人間としての弱さを見ることができた。自分より下の身分の者だけでなく、高貴な人をも我が身に「同じ人間」として見つめ、時に動物ですら自分と同化する能力があった。

「もしも自分がミカドだったら」

「もしも自分が鳥だったら」

と、彼女にとってすべてが想像力を働かせ得る対象だったから、どんな立場の者の心理や行動も生き生きと書けたのだ。

「何を見ても私」という異常に強い自意識の持ち主の彼女は、見方を変えれば、受領だの未亡人だの女だの人間だの、といった自分を規定する「枠」から自由になれる素質をもっていたとも言える。

こういう人が、平安中期の貴族社会で宮仕えするのはさぞ大変だったに違いない。

紫式部の嘆き

気になるのは、紫式部が、「心が望むあるべき自分」と「体が生きる現実の自分の立場」の分裂に苦しんでいたことで、彼女はこんな歌も詠んでいる。

「数にも入らぬ自分の心のままには、我が身はならないけれど、我が身に支配されていくのが心なのだった」(〝数ならぬ心に身をばまかせねど身にしたがふは心なりけり〟)

「せめて心だけでも、どんな身の上になれば、思い通りになるのだろう。どんな身の上になっても思い通りにならないと知ってはいるが、諦めきれない」(〝心だにいかなる身にかかなふらむ思ひ知れども思ひ知られず〟)と。

つまり二つの歌を総合すると、

「自分の立場は自分の心のままにならない。その心さえ、不自由な立場に支配されて、思い通りにならない」

というわけだ。

紫式部が〝心〟と〝身〟を対立するものとしてはっきり意識したうえで、「自分の体がない」と嘆いていることが分かる。この「身」はもちろん、体というより「身の程」と訳したほうが適切ではある。しかし、その「身の程」というのは、心と対立する体を含めたものであるのは確かだろう。

面白いのは、「〝心〟が〝身〟に支配される」という感覚で、彼女にとっての体なり身の上は、心と対立するものであると同時に、心と連動するものだった。そしてその心さえ「思い通りにならない」と嘆く彼女は、体（身の上）だけでなく心もなくしていると認識していたのだった。

自分の心と体を生きる

そんな紫式部は、かなりむなしい日々を送っていたようで、『紫式部日記』でこう嘆いている。

「何一つぱっとした思い出もなく過ごしてきたうえに、これといった将来の希望もないときては、自分を慰めようもありません」

が、そうはいっても彼女は、長編『源氏物語』を書き上げるほどの人だ。マイナス思考に終始していたわけではない。そんな暗い心境から、なんとか抜け出そうと試みていた。

彼女は続ける。

「でも、だからといって、自分がすさんだ心で暮らす身だとだけは思いますまい」と。

「風の涼しい夕暮れは、聞きよくもない琴をひとりかき鳴らしては、琴にこめられた嘆きの色を聞き知る人もいるのでは？　と不吉に思い」

「退屈でしかたない時は、亡き夫の所蔵していた漢籍を一つ二つひもといて見る」と。

そして、

「人がとやかく言おうとも、ただ阿弥陀仏に向かってたゆみなくお経を読むことにしよう。イヤなこの世には、つゆばかりの執着もなくなったのですから、出家しても怠けることはいたしません」

と、強い決意を見せる。ただ、

「出家しても、浄土の雲に昇らぬうちに、ぐずぐず迷いが生まれてきそうなのです。それで、躊躇しているのです」

「それに、罪深い私のような人間は、必ずしも往生の願いはかないますまい。前世が思い知られることばかり多いので、万事につけて悲しくなるのです」

などとつけ加えているところは、いかにもマイナス思考の紫式部らしいが、彼女がただ「不幸だ、不幸だ」と嘆くだけではなく、生き生きと生きようとして、じたばたあがいていたことが、うかがえる。

そのあがきの一つが「物語を書く」ということだったのだろう。そして登場人物に悩ませながら、自分も答えを探していたのだろう。そんな紫式部の姿勢が、わりと前面に押し出されているのが宇治十帖で、そのラストで彼女が指し示したのが、浮舟の「拒絶」だった。登場人物の生殺《せいさい》与奪《よだつ》を神のように握ってきた紫式部が、最後の最後で、登場人物に意思をもたせ、創造物を操る手を放した。

「足の向く先はひょっとして間違っているかもしれない。でも、とにかく自分の足で歩こう。自分の頭で判断しよう」

つまり、

「自分の心と体を生きよう」

と言っているのである。

それは、「心も身も思い通りにならない」と嘆く紫式部にとっては、見果てぬ夢であったかもしれない。けれど、不幸でしか生きる実感を得にくい、下り坂の世を生き抜くためには、それしかないのだ。

と、紫式部は、浮舟を描くことを通じて確認したのだろう。

紫式部のマイナス思考は、ここにきて、マイナスとマイナスが重なって、プラスに転じるような、不思議な明るさを見せる。それはこれで心と体（身の上）の折りあいがつくのではないか、という希望の明るさのようにも感じられるのである。

あとがき　傷だらけの光源氏と、傷だらけの紫式部

最近、「ビフォワー源氏、アフター源氏」ということをあちこちで言っていて、そのくらい『源氏物語』というのは、それが出たことによる日本人への影響は絶大であると思うわけだが、この本のベースとなった『カラダで感じる源氏物語』（一九九六年、ベネッセコーポレーションより刊行、二〇〇二年にちくま文庫化）を読み返すと、「ビフォワー全訳、アフター全訳」ということばが心に浮かんでくる。

というのも私は、源氏千年紀に当たる二〇〇八年から二〇一〇年にかけて、『源氏物語』の全訳を出版しており、その期間中はこの仕事に全精力を注いでいた。

結果、私の中で、「ビフォワー全訳、アフター全訳」ともいうべき変化が起きていたのである。

もちろんそれまでも『源氏物語』は何十回と通読していた。とくに『『源氏物語』の身体測定』（一九九四年、三交社より刊行、二〇〇〇年、大幅に加筆訂正して講談社プラスアルファ文庫より『「ブス論」で読む源氏物語』と改題・刊行）を書いた際は、『源氏物語』はもとより、他の古典文学の登場人物の身体描写をファイルに書き写すというような、今ならとてもできないような

気の遠くなるような作業をしていたものだ。

だが、読むと訳すは大違いである。

読む時には飛ばせていたものが、訳す時には引っかかる。

一言一句、ことばの語源を辿って意味を考え、引用されている漢籍もいちいち辿り……と、朝から晩まで源氏、源氏で、「源氏鬱」になるほどだった。と、苦労話はともかく、要は、この全訳を機に、私の『源氏物語』に関する知識が精密になったわけである。

そういう精密になった目で見ると、『カラダで感じる源氏物語』には「アラ」が多かった。

しかも若さゆえの「青さ」や、時代的なものも加わって、恥ずかしさを越えて苦しいほどで、勢い、大幅な加筆訂正となった。

今回は一部を除いて、恥ずかしさを感じる箇所、たとえが古い箇所はほとんど削った。

引用と、自分の解釈や感想がごっちゃになっていた部分は全面的に直し、引用部分はソースとなる巻名を明記するといった作業も加えた。

そうした作業の中で改めて痛感したのは、紫式部のマイナス思考である。

全訳をした際、「若菜上」巻以降、源氏の命運が下り坂になっていくに従って、紫式部の筆が勢いを増し、ほとばしるように走るのを感じたものだ。「若菜上」巻以前にも、末摘花の醜貌の描写に同じことを感じた。

源氏が昇りつめていく「藤裏葉」巻までの第一部ももちろん面白いけれど(末摘花の醜貌が描

かれるのは第一部）、その運命が暗転し、人々がばたばたと死んでいく第二部や第三部（宇治十帖はここに含まれる。『源氏物語』の構成については巻頭の系図に付した説明を参照頂きたい）の濃密なエンタメ性といったらない。

菅原孝標女《すがわらのたかすえのむすめ》が、

「『源氏物語』を残らず手に入れて読む幸せといったら、〝后の位も何にかはせむ〟（后の位もどうってことない）」（『更級日記』）

と豪語したのも納得の勢いだ。

もとより『源氏物語』では、主人公の源氏をはじめ、多くの主要人物が病に冒され、思い通りにいかぬ運命に傷つき苦しんだあげく、ばたばたと死んでいく。

まさに「傷だらけの人々」の群れだ。

源氏も、彼と関わる女君も、彼らの子孫も、戦争にこそ巻き込まれないものの、「弓折れ矢尽きる」といった風情なのである。

その果てに、女房腹という物語最低の身分の女君・浮舟が登場する。

浮舟がいかなる運命を辿ったかは、本文を読んで頂くとして……。

要するに『源氏物語』というのは、傷だらけの人々の物語なのだ。

〝光る源氏〟と名こそご大層だが、その実、人に言えない失敗が多い……と、『源氏物語』に書かれているように、「傷だらけの光源氏」を中心とした、「あがく人々」の物語なのである。

その根っこには「傷だらけの紫式部」がいる。

彼女は子供の頃から傷ついていた。

兄弟よりも早く漢文をマスターする能力がありながら、博士の道は女には閉ざされていたため、「そなたが男の子でなかったのは、幸いがなかった」と、父・為時《ためとき》の嘆きを〝常に〟浴び（『紫式部日記』）、結婚して一子を授かって間もなく夫と死別。悲しみの中の所在なさを、物語について友と書き交わすことで慰めを得ていた。そのうち、おそらくは『源氏物語』が評判になったことをきっかけに、彰子を飾る女房として、道長にスカウトされる。だがこれをきっかけに彼女の苦悩はぐんと深まることになる。

「（宮仕え前は）この世に存在価値のある人の〝数〟に入るとは思わないまでも、さしあたっては恥ずかしい、ひどいと思い知るようなことだけはまぬがれてきたのに、宮仕えに出てからは、まったく残ることなく思い知る我が身の情けなさであることよ」

と、嘆く事態になるのである。

彼女の尋常ならざる嘆きは、宮仕えによってピークに達し、まさに満身創痍といった趣になるのだ。

が、実家に戻ってみたところで、その苦しみは癒えはしなかった。

「〝あらぬ世〟に来ているような心地が、かえって我が家に帰っていっそうまさり、物悲しいのであった」

住み馴れた実家も彼女にとってはもはや安住の地ではない。うとましいと感じる宮仕えの暮らしのほうが、自分の居場所となりつつあったのだ。

そんな紫式部によって紡がれた『源氏物語』が、傷だらけの人々の物語となったとしても不思議はない。

ことに「若菜上」巻以降は、紫式部が宮仕えに出て、しばらく経ってからの物語であろう。上等の紙や筆、墨などを道長に下賜されて、清書したと『紫式部日記』に書かれる『源氏物語』は、源氏やその子たちの明るい未来を暗示して大団円となる「藤裏葉」巻までの物語だと思う。

紫式部は同じ『紫式部日記』でこうも書いている。

「ためしに〝物語〟を読んでみても、以前見た時のようには面白く感じなくなってしまった」

ここでいう〝物語〟は従来のいわゆる作り物語とも解釈できようが、通説では、紫式部自身の書いた『源氏物語』を指すとされる（↓2-4）。

だとすれば、紫式部は、宮仕えの厳しさやつらさを痛感して以降、自分の『源氏物語』に不満を抱くようになって、「若菜上」巻以後の物語なり宇治十帖なりを作ったと考えることができよう。

加えて彼女は、他者の痛みを我がものとして感じる、なりきり能力、同化能力の持ち主だ（↓4-3）。

自分以外の女房や主人筋、ミカドや下賤の者の不自由さや、生きづらささえ、我がものにする感覚で、物語を紡いでいった結果、時代を越え、性別を越えて、受け入れられる『源氏物語』が作られたのである。

「傷だらけの光源氏」やその子孫たちの物語のベースには、『源氏物語』以前の内外の物語はもとより、「傷だらけの紫式部」が吸収した、当時の「傷だらけの人々のリアルな暮らし」があったわけである。

そんな視点が、今回、新たに書き直してみて、浮かび上がった次第である。


このように「アフター全訳」だからこそ、見えてきたものというのは大きい。

一方で、本書の原形となった『カラダで感じる源氏物語』を書いた昔ならではの目のつけどころも少なからずある。

とくに第3章「五感で感じる『源氏物語』」は、若いあの頃だからこそ……出産直後だったからこそ書けたようにも感じる。

『カラダで感じる源氏物語』を書き始めたのは、娘を出産してほどない頃、授乳に子育てに、私が最も自分の身体を酷使していた、自分の身体を「感じていた」時分のことであった。

「音が生の象徴なら、においには死がつきまとう。死は腐敗であり、腐敗には強烈なにおいが伴うからである。けれど人は、生きている時も、死と切り離されているわけではない。体の中では細胞が絶えず死にかわり生まれかわりしているわけで、生きていたって、人の体の中で『死と生』がくり返されている」

という「感じる嗅覚」の項の冒頭などは、あの頃よりも死に近づいているにもかかわらず、今の私には書けそうにない。

「たぶん平安中期というのは、もう、大きな夢が見られぬ時代だったのだろう」

という指摘も、確かに！　という感じである。

自分で言うのはおこがましいが、一言でいえば「勢い」があるのだ。

未熟さと若さと勢いがセットになっているのである。

なので、今回、辰巳出版の小林さんに声をかけて頂いて、今現在の私の視点で以て、この本を書き直す機会を得たことを、激しく幸運に思っている。

三十年近く前に産声を上げ、成長した本書が、多くの人に読まれることを願ってやまない。

二〇二四年一月

大塚ひかり

参考文献

*主な参考文献については本文中にそのつど記した。
*参考原典／本書で引用した原文は以下の本に拠る。

阿部秋生・秋山虔・今井源衛＝校注・訳『源氏物語』一～六　日本古典文学全集／小学館／一九七〇～一九七六年
中野幸一＝校注・訳『うつほ物語』一～三　新編日本古典文学全集／小学館／一九九九～二〇〇二年
植垣節也＝校注・訳『風土記』　新編日本古典文学全集／小学館／一九九七年
山口佳紀・神野志隆光＝校注・訳『古事記』　新編日本古典文学全集／小学館／一九九七年
小島憲之・直木孝次郎・西宮一民・蔵中進・毛利正守＝校注・訳『日本書紀』一～三
新編日本古典文学全集／小学館／一九九四～一九九八年
山中裕・秋山虔・池田尚隆・福長進＝校注・訳『栄花物語』一～三　新編日本古典文学全集／小学館／一九九五～一九九八年
清水文雄＝校注『和泉式部集・和泉式部続集』　岩波文庫／一九八三年
藤岡忠美＝校注・訳『和泉式部日記』、中野幸一＝校注・訳『紫式部日記』、犬養廉＝校注・訳『更級日記』
……『和泉式部日記　紫式部日記　更級日記　讃岐典侍日記』　新編日本古典文学全集／小学館／一九九四年
山本利達＝校注『紫式部日記　紫式部集』　新潮日本古典集成／一九八〇年
橘健二・加藤静子＝校注・訳『大鏡』　新編日本古典文学全集／小学館／一九九六年
片桐洋一＝校注・訳『竹取物語』……『竹取物語　伊勢物語　大和物語　平中物語』　日本古典文学全集／小学館／一九七二年

臼田甚五郎＝校注・訳『催馬楽』……『神楽歌 催馬楽 梁塵秘抄 閑吟集』 日本古典文学全集／小学館／一九七六年
中村義雄・小内一明＝校注『古本説話集』……『宇治拾遺物語 古本説話集』 新日本古典文学大系／岩波書店／一九九〇年
馬淵和夫・国東文麿・稲垣泰一＝校注・訳『今昔物語集』二・三・四
新編日本古典文学全集／小学館／二〇〇〇年・二〇〇一年・二〇〇二年
小林保治・増古和子＝校注・訳『宇治拾遺物語』 新編日本古典文学全集／小学館／一九九六年
『往生要集』……石田瑞麿＝校注『源信』 日本思想大系／岩波書店／一九七〇年
中田祝夫＝校注・訳『日本霊異記』 新編日本古典文学全集／小学館／一九九五年
川口久雄＝訳注『新猿楽記』 東洋文庫／平凡社／一九八三年
柳瀬喜代志・矢作武＝著『琱玉集注釈』 汲古書院／一九八五年……国立国会図書館デジタルコレクション
桑原博史＝校注『無名草子』 新潮日本古典集成／一九七六年
小町谷照彦・後藤祥子＝校注・訳『狭衣物語』一・二 新編日本古典文学全集／小学館／一九九九年・二〇〇一年
石埜敬子＝校注・訳『とりかへばや物語』……『住吉物語 とりかへばや物語』 新編日本古典文学全集／小学館／二〇〇二年
三谷栄一・三谷邦明＝校注・訳『落窪物語』……『落窪物語 堤中納言物語』 新編日本古典文学全集／小学館／二〇〇〇年
『日本国語大辞典』縮刷版 八・九 小学館／一九七五年

カラダとココロの『源氏物語』年表

＊数字は章と項。例：2-1……第2章1項

光源氏○歳		
	桐壺更衣、後ろ盾のない身で桐壺帝に偏愛され、人々の恨みを買い、病弱に。	1-1
一歳	桐壺更衣、玉のように美しい皇子（源氏）を生み、ミカドの厚遇激化、更衣へのいじめがエスカレート。	1-1
三歳	桐壺更衣、死去。	1-1
四歳	桐壺帝の第一皇子（朱雀院）、東宮に。	
六歳	桐壺更衣の母、鬱状態となって死去。源氏はもっぱら内裏で暮らすようになる。	
八～十一歳	亡き桐壺更衣に似た藤壺入内。源氏、慕う。桐壺帝、源氏を高麗の人相見に占わせ、朝廷の補佐とすべく源氏姓を与える。	2-3
十二歳	源氏、異母兄・東宮側も入内を打診していた左大臣家の葵の上と、父帝のはからいで結婚。	2-2
十七歳	“光る源氏”と名は大層だが、実は失敗も多い。	2-4
	源氏、頭中将らと雨夜の品定め、中流の女を勧められる。	2-2
	源氏、紀伊守邸で空蟬と小君の会話を立ち聞きし、“声”が似ていることからきょうだいと推測。	3-3
	空蟬の侍女、香りで源氏と気づく。	3-4
	源氏、伊予介の後妻・空蟬を犯す。空蟬、源氏の美しさにすべてを許せば自分が惨めになるだけと思う。	1-4、2-3
	源氏、碁を打つ空蟬と軒端荻を覗き、空蟬を「ブス寄りの顔」と思う。	1-4
	源氏、空蟬の継子・軒端荻を空蟬と間違え、「あの可愛い人ならまぁいいか」と思って関係。	1-3
	源氏、六条あたりの忍び歩きの頃、取り立てて優れたところのない夕顔に熱中。	1-3、2-1

十七歳	源氏、夕顔の宿で、近所の庶民の愚痴る声や唐臼の音、砧を打つ音等を聞く。	3-3
	源氏、夕顔を廃院に連れ出し変死させ、頭痛・発熱。	1-1
	夕顔の侍女・右近、夕顔のプロフィールや内気な性格を源氏に語る。	4-2
	源氏を完全無欠のように書くのは〃作り事〃じみていると言う人がいるので失敗話も書いた。	2-4
十八歳	源氏、瘧病により北山で療治中、紫の上を見出す。	1-1
	紫の上、涙で顔を赤くすって泣きながら登場。	4-2
	紫の上の母のオジ（紫の上の祖母の兄弟）である北山の僧都、紫の上の母は、物思いで病気になったと語る。	1-1
	源氏、葵の上を「絵に描いた物語の姫君のようだ」と敬遠。	4-2
	藤壺、体調不良で実家に退出中、源氏、無理に逢う。	1-1
	藤壺、源氏の子を妊娠。宮中に帰参した妊婦姿は「面痩せしている様が無類に美しい」。	3-5
	源氏、末摘花の香りにそそられる。	3-4
	末摘花のリアルな貧窮ぶり。	4-1
	源氏、末摘花の醜貌と貧窮を見て、「私以外の男はまして我慢できようか」と結婚を決意。	1-4
	紫の上の母方祖母死後、源氏、紫の上を訪れ、単衣一枚にして共寝。	3-2
	紫の上、亡き祖母を慕い、食欲不振、面痩せた様がかえって可愛い。	3-5
十九歳	藤壺、皇子（冷泉帝）出産。	
	源氏、スケベ老女の源典侍と関係、頭中将も負けじと関係するが、源典侍が逢いたいのは源氏だけ。	2-2
二十歳	源氏、宮中の花の宴の夜、兄・東宮（朱雀院）に入内予定だった朧月夜と、それと知らずに関係。	2-2
	〃声〃で朧月夜に惚れた源氏、〃声〃でその正体をつきとめる。	3-3
二十二歳	六条御息所、源氏より七歳（計算によっては十六歳）年上であることを恥じ打ち解けず、源氏もその気持ちを利用して正式な妻扱いしない。	2-3
	賀茂祭の御禊の日、葵の上と六条御息所に車の場所争い。	
	出産間近の葵の上、物の怪に苦しみ、その〃声〃と気配（雰囲気）が六条御息所になる。	3-3

二十二歳	葵の上、夕霧を出産。衰弱して寝込む姿の美しさを、源氏は見つめずにいられない。	1-2
	六条御息所、我が身に祈祷で使う芥子の香りがしみついているのに気づき、洗髪し着替えるが取れず、苦悩。	3-4
	正妻・葵の上死後、源氏、紫の上と新枕。紫の上、嫌がって寝込む。	4-2
	弘徽殿大后、源氏に惹かれる妹の朧月夜をあくまで朱雀帝に入内させようとする。	2-2
二十三歳	六条御息所、伊勢の斎宮となった娘（斎宮女御→秋好中宮）に付き添って伊勢に下る。	
	桐壺院崩御。	
二十四歳	朧月夜、尚侍となり、朱雀帝の寵愛を受けるが、源氏と密会。朱雀帝は黙認。	2-2
	源氏、藤壺を前に〝うつし心〟もなくして乱れる。	1-3
	源氏に迫られた藤壺、食欲なくし、ちょっとした果物も食べない。	3-5
	藤壺、源氏の接近を香りで知る。	3-4
	源氏、藤壺に存在を誇示するため、衣ずれの音を立てる。	3-3
	源氏、藤壺に迫り、その髪をつかんで引き寄せる。	1-2
	藤壺、出家を決意。	
二十五歳	朱雀帝の愛する朧月夜が瘧病で実家に退出中、源氏と示し合わせて密通。弘徽殿激怒し、須磨謹慎の引き金に。	1-1、2-2
二十七歳	頭中将、須磨の源氏を訪れ、源氏感激。	2-2
	朱雀帝は眼病、弘徽殿大后も病気がち。	1-1
	明石の君、高貴な源氏に、我が身の程を思うが、父・入道と源氏の押しで最終的に結婚。	2-3
二十八歳	朱雀帝の眼病悪化のため、源氏に恩赦が下され、帰京。	1-1
	落ちぶれて受領の妻になった末摘花の母方オバ、末摘花を娘たちの召使にしようとたくらむ。	4-1
	朱雀帝、退位を前に朧月夜に執着、朧月夜、源氏との関係を悔やむ。	2-2
二十九歳	朱雀帝譲位、冷泉帝即位。	
	源氏、明石の姫君誕生の知らせに、都で乳母を厳選、明石へ派遣。	2-2
	源氏、花散里訪問のついでに通りかかった末摘花邸を思い出し、末摘花を訪ねる。	1-4、4-1

二十九歳	源氏、末摘花を二条東院に迎える。	4－1
	源氏、住吉参詣。明石の君も行き会い、身の程を嘆く。	2－3
	空蝉、夫と死別。継子の懸想を避け出家。	2－1
	朱雀院、前斎宮を所望。	2－2
三十一歳	前斎宮、冷泉帝に入内。	2－2
	絵を好む冷泉帝を巡り、頭中将の娘（弘徽殿女御）側と、源氏の養女（斎宮女御）側で「絵合」開催、源氏、勝利。	
	明石の君の生んだ姫君、紫の上の養女になる。	2－2、4－2
	紫の上、出ない乳を明石の姫君に吸わせる。	1－2
三十二歳	藤壺、死去。	
	斎宮女御（秋好中宮）、恋情を訴える源氏の湿った〝御匂ひ〟が残っているのも〝うとましく〟思う。	3－4
三十三歳	夕霧元服。それまで大宮（夕霧の故母・葵の上の母）邸にいた夕霧を、源氏、二条東院に引き取りスパルタ教育。	2－2
	源氏が夕霧にスパルタ教育を決めたのは、どんな世の中になっても通用する人になってほしいからと、大宮に語る。	2－3
	内大臣（昔の頭中将）、夕霧と雲居雁の恋仲を知り、自分の母・大宮の放任を責め、雲居雁を自邸に引き取る。	2－2
	夕霧、養母の花散里の醜貌に「こんな人をも父は見捨てなかったのか」と驚く。	1－4
	六条院落成。源氏、紫の上、花散里、遅れて秋好中宮、最後に明石の君が移る。	
三十五歳	玉鬘一行、長谷寺で十八年ぶりに右近と再会。侍女たちは食べ物に熱中。気高い玉鬘と対照的。	3－5
	源氏、玉鬘を養女に迎え、その〝声〟が彼女の亡き母・夕顔に似ていると思う。	3－3
三十六歳	正月、源氏、二条東院に末摘花と空蝉を訪問。末摘花にも空蝉くらいの話しがいがあればと思う。	1－4
	源氏、玉鬘に慕情を訴え、手を握り添い寝。	3－2
	花散里は源氏との共寝は諦めている。	1－4、2－3
	源氏、玉鬘を相手に、物語論を展開。	4－1
	内大臣、息子に自分の落胤を探すよう頼み、育ちの悪い近江の君を引き取る。	2－2

三十六歳	源氏のもとに夕霧や内大臣家の若者が訪れ、食事。近江の君の噂。	3-5
	玉鬘、田舎の隅で京人と名乗る王族老女に琴を習うだけだったことに気が引ける。	2-3
	近江の君、「〃御大壺とり〃でも何でもする」と父・内大臣に言い笑われる。	2-2、3-5
	内大臣、子の近江の君をからかう。	2-2
三十七歳	玉鬘、鬚黒と結婚。鬚黒の北の方、〃心違ひ〃の発作で香炉の灰を鬚黒にぶちまけ、離婚につながる。	1-1、3-4
	鬚黒の北の方の母・大北の方（紫の上の継母）、源氏や紫の上を憎む。	1-1
三十八歳	近江の君、異母姉の弘徽殿女御の御前で夕霧に懸想。	2-2
三十九歳	源氏、明石の姫君入内に先立ち、六条院で薫物合。螢宮、紫の上の調合を褒める。	3-4
	源氏、夕霧と雲居雁との結婚に際し、雲居雁の父・内大臣についてアドバイス。	2-2
	夕霧、雲居雁と結婚。	2-2
	明石の姫君、東宮（今上帝）に入内。実母の明石の君と再会、明石の君は姫君の付き人に。	
	源氏は准太上天皇、内大臣は太政大臣、夕霧は中納言に昇進。	
	冷泉帝と朱雀院、源氏の六条院に行幸。	
	朱雀院、女三の宮の婿を源氏に内定し、出家。	2-2
四十歳	十四、五歳の女三の宮、源氏の正妻に。紫の上、苦悩。	1-1、4-2
四十一歳	明石の女御、第一皇子（東宮）出産。	
四十六歳	冷泉帝譲位、今上帝即位。明石の女御腹の第一皇子、東宮に。	
	紫の上、出家を希望するが、源氏許さない。	1-1、2-3
四十七歳	源氏、紫の上に満ち足りない半生を述懐。	2-3
	「私に比べれば、あなたは幸せ者」と源氏に言われた紫の上、胸の病を発病、病弱化。	1-1、4-2
	柏木、朱雀院の女二の宮（落葉の宮）と結婚後も女三の宮を諦めきれず犯す。	2-2

四十七歳	源氏、紫の上に葵の上などの女性評をし、六条御息所を悪く言ったため、その死霊が紫の上を危篤状態にする。	2－1
	小康を得た紫の上の衰弱した美しさが描かれる。	1－2、3－2
	源氏、女三の宮と柏木の関係を知る。それを知った柏木、恐怖から参内せず、源氏に近づかなかったが、父・致仕の大臣（昔の頭中将）の勧めで六条院へ赴き、源氏にイヤミを言われて衰弱。	2－2
四十八歳	女三の宮、薫を出産。源氏の態度に〝死なばや〟と絶望、父・朱雀院に頼んで出家。	2－3、4－2
	柏木、源氏の意に反することをしたと夕霧に告白、後事を託して衰弱死。何も知らぬ致仕の大臣、夕霧に悲しい心の内を吐露。	2－2
	夕霧、落葉の宮を訪問するようになる。	2－2
四十九歳	源氏、幼い薫のずば抜けた美しさを、自分に似ていなくもない、と感じる。	2－3
	源氏、朱雀院から贈られたタケノコに歯を当てる二歳の薫に「食べ物に目ざといと女房が言い触らしたらどうする」と冗談。	3－5
五十歳	源氏、女三の宮の出家後、かえって彼女に尽くすが、女三の宮はそれを厭い源氏から離れたく思う。	2－3
	夕霧、落葉の宮に迫る。二人がデキていると勘違いした宮の母、夕霧の煮え切らぬ態度に絶望して衰弱死。	2－2
	落葉の宮、父・朱雀院に出家を願い出るが、反対にあい、召使たちに喪服を着替えさせられ、夕霧に犯され結婚。	4－1
	紫の上、養女・明石の中宮腹の皇子皇女の行く末を思い涙。	4－2
五十一歳	紫の上、出家の願いも許されぬまま死去。	1－1、2－3
	紫の上の死に顔は生前にもまして美しい。	4－2
五十二歳	源氏、女房相手に「人よりずっと不幸だった」と述懐。	1－1
	源氏、女三の宮などの妻たちのもとを訪れるが、心慰まず。	2－3
	源氏、悲しみのあまり、人を好きになることはとても悪いことと気づいていたのにと後悔。	1－2
	源氏、出家もままならず、悲しみの一年を送る。	2－3

薫 十四歳	夕霧、月の半分ずつ雲居雁と落葉の宮のもとに律儀に通う。	2-2
十五歳	薫の体臭、この世のものならず。	3-4
二十歳	政争に巻きこまれた八の宮、両親や北の方とも死別して貧窮、次女（中の君）の乳母にも逃げられ、姫たちを養育。〝女のやう〟な宮のため財産は散佚。	4-1
	薫、不遇な八の宮のもとに通う。	3-4
二十二歳	薫、宇治の八の宮邸に向かう道中、その香りは家々の眠りを覚ますほど。	3-4
	薫、八の宮の不在時、姫たちを垣間見て、大君に惹かれる。	3-4
二十三歳	八の宮、薫に姫たちの後見を依頼、姫たちには宇治を離れるなと訓戒し、山寺に籠もって死去。	4-1
	八の宮死後、女房たち、暮らしのために大君に薫を導こうと一致団結。	4-1
	薫、大君に添い寝。中の君、〝御移り香〟から姉と薫の関係を疑う。	3-4
	匂宮、中の君を犯し、結婚。薫は大君に拒まれる。	
	匂宮との結婚三日目が明け、中の君、匂宮の〝御移り香〟をいとしく思う。	3-4
二十四歳	大君、鏡の中の痩せた我が身に、薫との逢瀬はますます考えられぬと思う。	4-1
	大君、妹・中の君と結婚した匂宮に夕霧右大臣の六の君との縁談の噂を知るなどして、絶望、拒食。	3-5、4-2
	瀕死の大君の衰弱した美しさを、薫、惜しむ。	1-2
	大君の死に顔を見た薫、虫の抜け殻のようにそのまま見ていたいと思う。	1-2
	薫、死んだ大君の髪をかきやって漂う香りに、悲嘆を深める。	3-4
二十五歳	匂宮と夕霧右大臣の六の君、結婚。悲嘆で食欲不振の中の君に、匂宮、珍しい果物や料理を勧めるが、中の君食べず。	3-5
	薫、匂宮の子を妊娠中の中の君に迫る。中の君、着物を着替えるが、その〝御移り香〟に匂宮、薫との仲を疑う。	3-4
	中の君、薫の懸想を避けるため、劣り腹の妹・浮舟の存在を教える。	3-4

二十六歳	薫、女二の宮と結婚。	
	薫、長谷寺参詣の帰りに宇治に寄った浮舟を覗き見て、まろやかな腕が〝常陸殿〟に見えぬと感動。傍らでは侍女たちが食事に熱中。	3-5
	薫、浮舟を覗き見る際、衣ずれの音を防ぐため、衣類を脱ぎ、直衣・指貫だけに。	3-3
	浮舟の母・中将の君、「ひどく太りすぎているところが〝常陸殿〟」。	3-5
	中将の君の夫・常陸介、継子の浮舟を〝他人〟と思って差別。	4-2
	経済力のない左近少将、浮舟に求婚、母・中将の君も乗り気だったが、浮舟を受領の継子と知った少将は実子（中将の君の子でもある）に乗りかえる。	4-1
	常陸介、「うちには大臣の位だって買えるほどの財産がある」と左近少将との縁談を取り持つ仲人に豪語。	4-1
	夫や左近少将に怒った中将の君、浮舟を中の君に託す。	4-1
	匂宮、中の君を迎えた二条院にいた浮舟に迫る。	3-2
	浮舟の母・中将の君、浮舟を三条の小家に移す。	
	薫、三条の小家を訪ね、その日のうちに浮舟を犯すが、物足りなさを感じる。	3-5
	薫、浮舟の田舎暮らしや和琴が弾けぬことを話題にし、モラハラ。	4-2
二十七歳	匂宮、もとよりよく似た薫の声を似せて浮舟の侍女をだまし、浮舟の寝所に侵入。	3-3
	匂宮、薫を装い、浮舟を犯す。翌日も宇治に滞在、浮舟は匂宮になびき、薫より美しいと見る。	3-2
	浮舟、薫も匂宮も選べず、自殺（未遂）。	4-2
	浮舟、横川の僧都に助けられる。僧都の妹尼、浮舟の香り高さと気高い雰囲気に感動。	3-4
	浮舟を助けた尼僧、体に傷でもあるかと見るが、綺麗。記憶喪失になっていた浮舟、稲刈り歌等から次第に記憶を取り戻す。	4-2
	横川の僧都、〝功徳の報〟で美貌に生まれたと浮舟を評する。	1-4

傷だらけの光源氏

二〇二四年三月五日　初版第一刷発行

著者　大塚ひかり
発行者　廣瀬和二
発行所　辰巳出版株式会社
〒一一三-〇〇三三
東京都文京区本郷一丁目三十三番十三号　春日町ビル五階
TEL　〇三-五九三一-五九二〇［代表］
FAX　〇三-六三八六-三〇八七［販売部］
URL　http://www.TG-NET.co.jp
印刷・製本　中央精版印刷株式会社

定価はカバーに記してあります。
　ISBN978-4-7778-3087-9 C0095